U0405961

你的旅行，必须有点味道

Your journey must have some flavor

黄元琪◎著

北京大学出版社
PEKING UNIVERSITY PRESS

内 容 简 介

随着交通的日益便利，世界各地的文化交流也越发频繁，“身体与心灵必须有一个在路上”的观点逐渐深入人心。本书记录了作者在日本、新加坡、马来西亚、西班牙、突尼斯、意大利、法国、泰国、阿拉伯联合酋长国等国家以及中国台湾地区的旅行故事，并用优美的文字与温暖的图片将各地的传统美食、自然景观、人文、历史、旅途见闻结合后呈现给读者。

本书集游记、美食、摄影为一体。如果你对旅行、对世界各地的美食与风土人情感兴趣，阅读此书会带给你愉悦。

图书在版编目(CIP)数据

你的旅行，必须有点味道 / 黄元琪著. — 北京：北京大学出版社，2020.5
ISBN 978-7-301-31320-6

Ⅰ. ①你… Ⅱ. ①黄… Ⅲ. ①游记 – 作品集 – 中国 – 当代 Ⅳ. ①I267.4

中国版本图书馆CIP数据核字(2020)第055302号

书　　名　**你的旅行，必须有点味道**
NIDE LǚXING，BIXU YOUDIAN WEIDAO
著作责任者　黄元琪　著
责 任 编 辑　吴晓月　刘沈君
标 准 书 号　ISBN 978-7-301-31320-6
出 版 发 行　北京大学出版社
地　　址　北京市海淀区成府路205 号　100871
网　　址　http://www.pup.cn　新浪微博：@ 北京大学出版社
电 子 信 箱　pup7@ pup.cn
电　　话　邮购部 010-62752015　发行部 010-62750672　编辑部 010-62570390
印 刷 者　北京宏伟双华印刷有限公司
经 销 者　新华书店
787毫米×1092毫米　32开本　10印张　232千字
2020年5月第1版　2020年5月第1次印刷
印　　数　1–4000册
定　　价　49.00 元

自序 回忆诉说的故事

旅行中，没有什么比吃上一份美味的食物更让人幸福了，最直接的味蕾刺激，最简单的幸福，都从我们在餐桌前坐下开始。记得我拜访京都米其林餐厅时，第一次见到那么多精致的餐盘摆放在我眼前，主厨热情地招呼我们品尝与节气相关的当季美食，并向我撒樱花花瓣。也记得在烈日下爬了两个小时的黄山，又渴又饿的时候，从包里翻出半瓶水和一块肉脯，和家人你一口我一口地躲在树荫下分食。人对于味道的回忆，有些很浪漫，有些很朴实。

每段旅程结束后，最先被遗忘的就是挫折和困难，久久萦绕于心的是人世间的温情与烟火气；无论过了多久，回忆起那些有味道的旅行瞬间，都会感到身心愉悦。这些有温度的感受，慢慢升华成一种态度，一种智慧。它教会了我顺应大自然的规律，去欣赏云卷云舒，花开花落，放慢节奏，用心去感受生活。

旅行的记忆太珍贵：一首歌、一道风景、一个故事都历历在目，甚至连空气中弥漫着的刚刚出炉的面包的香气，都让人难以忘记。旅行中，最遥远的往往来自时间，而非距离。不被记录的旅行，会随着时间的流逝而被遗忘，当下动人的种种瞬间也会全消失在时光里。四年前我选择用写游记的方式，让心灵随着书写的过程再一次遨游。写作让我的感受变得更敏锐，更细微，也让我更容易发现旅途中的美。

在这四年中，许多人通过我的文章游历了山川大河，读者的点滴回复都是我人生最大的财富。有一天，出版社的伯乐问我：“是否能把旅行中的所见所感编写成一本书？”生命是一场永不停息的旅程，如果我能积蓄能量，将更深刻的思考与更有趣的故事分享给大家，它必定会翻开我生命中前所未有的另一页。

然而，写书的过程并不容易。当我准备写一本关于旅行的书时，我陷入了一段长时间的思考——我该写一本什么样的书，才既能让人有兴趣读下去，又值得被放在书架上？伴随问题而来的是压力，我仿佛一下子被抽去了写作的灵感与自信，像丢失了钥匙的人，拼命地寻找钥匙并试图再次开启写作的大门。

我在写作中丢失的思路，最终在旅行中找到了。那是一次充满挫折的旅程，我一到目的地就饱受脊椎炎与肠胃炎的折磨。因为身体原因，我不得不刻意放慢节奏，这让我有了与自然、与自己对话的契机。这时，我忽然明白，写一本动人的关于旅行的书就像烹饪一道美味佳肴。美食是一味食材，必须贴合当地风俗与特色；美景是一味食材，应描写得让人有身临其境之感；人文是一味食材，需体现当地人的生活；情愫、感悟、对自然与生命的尊重，这些皆为调料。一篇文章不受约束，也无须纠结字数，一气呵成比较重要。

本书以散文为形，以尊重自然与习俗为魂，它们是我重新找回自我、自信落笔的关键。各种未知的味道，牵引着我们不停前行，去充满温暖与美好的地方。

目录 CONTENTS

第一章 中国台湾——旧时光里的美人

第二章 春华秋实一首情诗

——献给日本关西

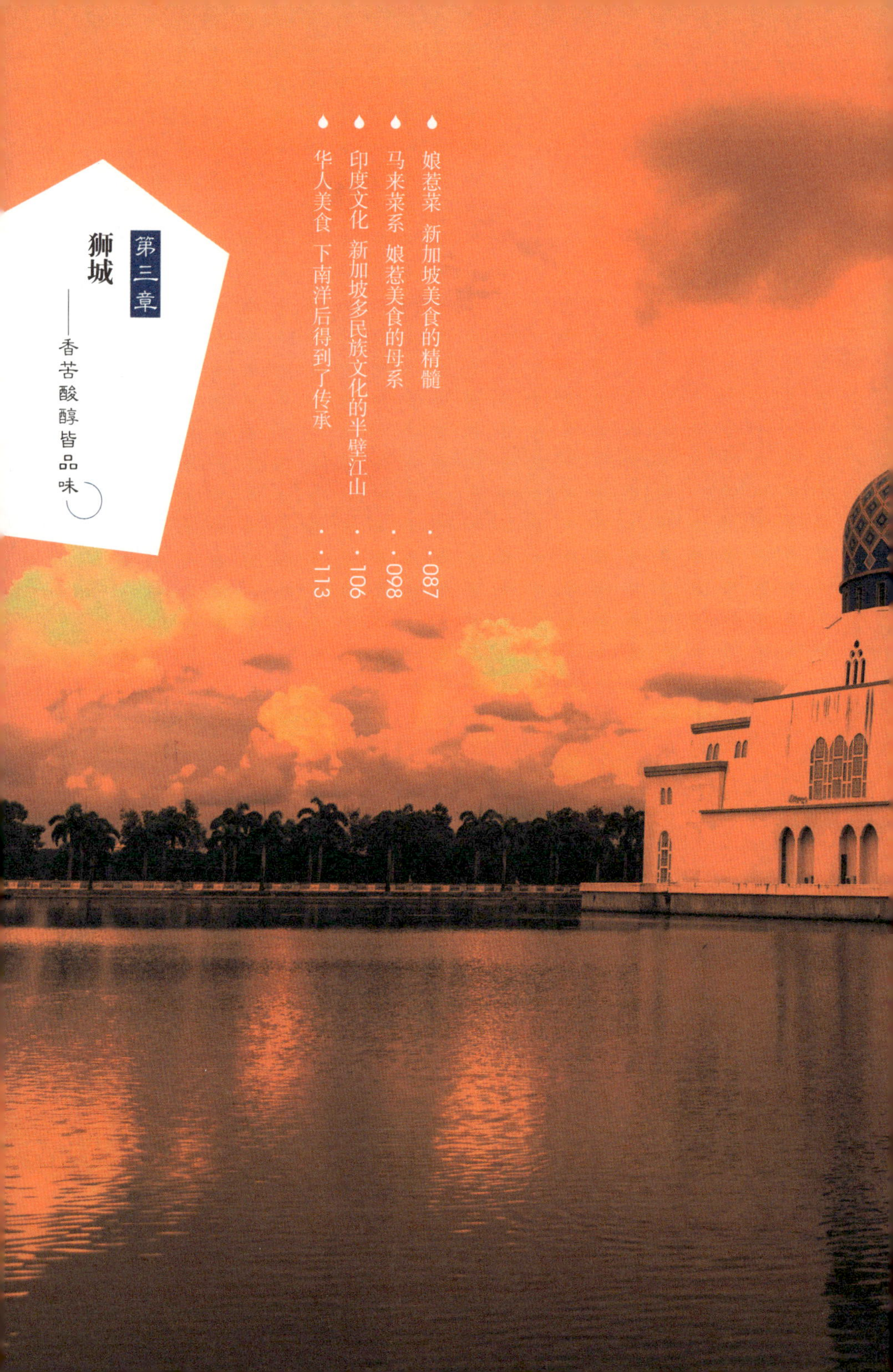

第三章

狮城
——香苦酸醇皆品味

第四章 沙巴霞满天

——鱼香饭细奶茶浓

第五章 西班牙——欧非交界处的烈火如歌

第六章 情迷突尼斯——撒哈拉的一千零一夜

第七章 意大利

——跨越了1500的相遇

第八章 一缕苦与醇——旅途中的咖啡香

第一章

中国台湾——旧时光里的美人

●●●

旅行多年，台湾是让我觉得最舒服的地方。出发前我正处在一个备受挫折的阶段，长期的快节奏生活让我开始怀念“慢”的滋味。我不像以前那么容易感动和快乐了，因为我没有遵从大自然的法则生活。大白天累了，窗帘一拉，房间就可以变成黑夜倒头睡觉；到了深夜，我却一直在刷社交媒体，睡不着。常年的亚健康反噬了我，身体上细碎的疼痛和工作时精神的压力像一堵墙，隔绝了我对外界的感知。

我能看到花，但看不到她从含苞欲放到盛开的美态，我没时间去观赏她娇嫩的花瓣是什么颜色，甚至分不清哪些节气有哪些花儿会开在我身边。我的听觉没有问题，但是我已经很久没注意过清晨鸟儿的鸣叫，清脆的鸟鸣声被闹钟急促的响声替代。所谓“视而不见，听而不闻”，说的就是这种状态吧。努力工作没有任何不对，但是陷于工作，被压力包围，忘却感知便得不偿失了。理性和感性，大脑的逻辑思维和形象思维，情绪的控制与释放，都是需要去平衡的。我需要听路边悠扬的小调，需要闻街上面包房的香气，需要看世上的美景，需要和陌生人聊天，需要去感受一切美好的、慢的、不同的东西。

如今的我，在经年累月的忙碌与压力下，常常会感到迷茫、孤寂，总是一个人默默承受压力。这是长大吗？那我少年时的模样呢？某天，我回到了我出生的地方，那是一个种着高大梧桐树的街区。可当我穿过半个上海抵达那里时，我发现儿时的邻居、街边小店生煎锅贴的香味、熟悉的弹格路，很多东西都不见了，甚至经常去的街心花园也没有了。

记忆中，读书时我会把零花钱用在购买台湾歌手的卡带上，再大一些的时候，台湾偶像剧与书籍唤起了我对爱情的幻想。四年前，当我第一次踏上海峡那端的小岛时，岛民们的热情与善良让我倍感温暖，宝岛的风土人情与我出发前想象得一模一样。

一次偶然的机会，我又一次出发去往中国台湾，重温美好的回忆。

• • •

熙熙攘攘的／宝岛夜市

“黄小姐，你好，欢迎来到台北！今天是大年初二，祝你们新年红红火火。这是我送你们的小礼物。”负责接机的是一位中年大姐，留着一头利落的短发，戴着金丝边眼镜，语气温温柔柔的。我们都没想到，深夜抵达台北机场还能收到一对可爱的折纸小狗作为新年礼物，它是由大姐亲手折的。

“在等着你们飞机抵达的空隙，我和朋友在机场附近喝茶，谈到和往年平均 20 多摄氏度的气温相比，今年冬天好冷。还好从今天开始回暖入春，你们来得可真是时候。”大姐随和地和我们聊天，这份亲切感让我们觉得很轻松，是我记忆中台北的温情。

次日清晨，一夜好眠的我一下楼便闻到了浓郁的咖啡香气。服务生小哥为我们现磨了搭配早餐的咖啡。我拿了一碗稠稠的白米粥，配上当地特产——梅子腐乳——吃了起来。味觉被一下子唤醒，对这座城市的记忆与爱如潮水般涌上心头。早餐后我便迫不及待地去找多年前去过的地方。走在熟悉的街道上，我发现买过热豆浆的便当店还在，驻留过的书店还在，甚至连我喜爱的胡椒饼摊铺都在。我莫名感动，时光在台北没有流逝得那么快。老场景像个时光机，“啾”的一下把我的记忆拉回了旧时光。

那个一直在北投街头驻唱的老爷爷，他总是沉醉在一首首老歌中，忘我地表演。我想，他是快乐的，否则不会几十年如一日地投入。几位与他年龄相仿的老听众坐在花坛旁的椅子上，托着头，认真地聆听他的弹唱。北投有很多温泉，栈道旁的小溪里流淌着含有多种矿物元素的温泉水。男女老少都喜欢赤脚踩在小溪里，享受天然的温泉。为了保护自然，后来志愿者们在小溪旁围起了栏杆，引导人们去公共的浴室泡温泉。街边摊铺的阿嬷招呼着我们去吃她家的温泉蛋。拨开它脆脆的外壳，金色的蛋黄半凝固着，入口即化。

夜晚我喜欢去夜市凑热闹，虽说如今一些有名的夜市风格日趋商业化，但它们仍是宝岛美食的荟萃之地。夜市不但是食客聚集的地方，也是民间厨师较量厨艺的战场。初来乍到的游客，一不小心就会迷失其中。

面对那么多的美食摊铺，人们冒出来的第一个问题永远是，吃什么？

北投街头驻唱的老爷爷

我的答案是，选择当季出产的食物才能与道家“天人合一”的思想相符，也是美食的真谛。

在斜风细雨的春日，被雨水洗涤后的空气格外纯净，宜兰的三星葱露出了纤细、翠绿的面容。用它做出来的三星葱油饼有着青葱辛辣、浓郁的香气。随便去一个店铺都会被煎烤后的葱香迷得挪不开步。

夏季不可错过的是爱玉杧果冰。最好的杧果产自玉井区，那里日照充足，土地偏碱性，含有钙质。在果农的辛勤劳作下，不过度肥沃的土地让杧果的茎干生长缓慢，让果实的糖分充分聚集。台湾南部结出的爱玉杧果，有芬芳的气味与甜腻多汁的口感，是夏季的最佳选择。

秋日的礼赞是蚵仔煎。虽然海岛都出产蚵仔，但最好的产地是鹿港。鹿港的珍珠蚵肥硕饱满，料理方式细腻。人们会将它与鸡蛋、面粉、调味品一起搅拌，然后在铁板上双面慢煎，当蛋白慢慢鼓起，面粉的香味飘出，饱满的蚵仔混合在煎饼之中，令人垂涎欲滴。食客可以按照自己的口味加入或咸或甜的酱汁，大口享受。

冬日可去夜市中喝一杯温暖的黑糖奶茶。在丰收季，人们用石磨把梅山白甘蔗榨成汁，家中有经验的阿婆用慢火熬煮甘蔗汁并不停搅拌。糖液浓稠后炒成焦糖，再慢火熬煮。最后静放多日，待砖状黑糖成型。一杯用心烹饪的黑糖奶茶，能让人尝到时间赐予食物的美妙、香浓，既美味又暖人身心。

三星葱油饼

逛夜市久了会看到一种现象——许多摊铺一股脑儿地卖着同一种食物，让人不知哪一家比较好。我建议避开聚满年轻人且排队特别长的“网红”店，去找一些传承了几代的家族摊铺。它们虽然外表朴实，却能保持原味，这样的美食颇具传承之意，不会为了吸引顾客而哗众取宠。

去博物院／找文化的传承

在台北的那几天，我没有频繁地跑景点，泡完图书馆泡博物馆，日子过得有滋有味。台北“故宫博物院”的吸引力，我无法抵

台湾夜市小吃

御。无数价值连城的藏品聚集于此，它们记录着中华民族千百年来的文化发展。在一个万里无云的清晨，趁着大批游客未到，我赶在一开门就排队入内，开始了我的参观。

一步步走近它时，我是兴奋的，台北“故宫博物院”的建筑像一块价值连城的和田玉，矗立在我面前。建筑外观的配色很简单，与北京故宫博物院的红砖黄瓦不同，台北“故宫博物院”的主体接近白色，屋顶的瓦片是淡青色。颜色虽有些不同，但威武的青铜狮子与云纹圆柱仍保留了明清古建筑的风格。

我问参观过台北“故宫博物院”的朋友们，最值得看的藏品是什么，他们多数人说是西周毛公鼎、翠玉白菜和肉形石。答案告诉我，这三件藏品的人气最高。要近距离欣赏它们得赶早，否则等到博物院门口熙熙攘攘时，这些展台可能连挤都挤不进去。

趁着翠玉白菜的玻璃柜前还没什么人，我围着它细细欣赏了起来。它的个头比我想象得大了不少，目测有半尺高。它是光绪年间瑾妃的陪嫁之物，不但造型别出心裁，寓意也好，祈求多子多孙。白菜与百财谐音，在明清时期很受欢迎。让我啧啧称奇的是它精致柔美的雕工，工匠是按照原石的特征精心雕刻的，还特地雕刻了两只螽斯在叶子上。螽斯在紫禁城内也有特殊的意义，皇家看重多子多福，以此为美好比喻。故宫有一扇门，名字就叫螽斯门，代表着子嗣绵延不绝，国家繁荣昌盛。

距离翠玉白菜几步远的展台中是受老百姓喜爱的另一个藏

品——肉形石。它出自内蒙古阿拉善旗，于康熙年间进贡。它的材质是黄玉。这块玉石让人见识到了大自然的神奇魔力。千百年来，地质的变化、地层的挤压赋予了原石富有层次的色泽与纹理。“肉”的肥瘦层次分明，“肌理”清晰，连“毛孔”都依稀可见。当年工匠看到原石时赞叹不已：“天地间怎么会有如此浑然天成的宝石！”

翠玉白菜

肉形石

经过雕刻后，这块玉石逼真到什么程度呢？隔着玻璃都能让人垂涎欲滴。

馆内第三拥挤的展台是隶属西周青铜器类别的毛公鼎。这座鼎在道光年间被一个陕西村民从村西地里挖了出来，一直在民间的古董商人之间转卖。它最有价值的部分是原主人——毛公——在器皿内雕刻的近500字的铭文。铭文内容叙事完整，记载翔实，是当代研究西周历史的珍贵史料。当然，从青铜器的珍贵程度与震撼程度而言，我更推荐北京故宫博物院的藏品。

告别人气最旺的三件宝物，我直奔瓷器馆。之前我看了一篇很有意思的文章，中心思想是描述乾隆帝的“独特”审美。文章非常幽默并且有一丝夸张，用尽溢美之词赞扬了雍正帝高雅的品位，并对比说明了乾隆帝充满乡土气息的审美。

这篇文章引起了我的兴趣，我便在馆内观察了从康熙年间到乾隆年间瓷器外观的变化。康熙年间的瓷器有鲜明的釉色并缀以暗纹，外观线条流畅。雍正年间的瓷器通常没有复杂花纹，样式简单，釉面只取一种颜色。而乾隆年间的瓷器则非常花哨，釉彩一定得有三种底色并配以繁复多变的花纹，形态也有了更多的变化。

我认为审美本身就是很主观的，水平高低无法比较，只是每个人的喜好不同罢了。不同时代瓷器的风格也体现出主人不同的性格与经历。同为帝王，雍正的皇位比乾隆来得坎坷，而且雍正在四十多岁才登上皇位，每天工作七个时辰，为国事操劳了十四载。他性格低调、沉稳，再加上几乎把所有时间都用来忙碌国事了，自然没有时间也没有耐心去欣赏太过复杂的东西。

而乾隆一生平顺，二十五岁就登上皇位，并且活到了八十七岁。一个人如果太顺利必定意气风发，而长期意气风发就会导致自信膨胀，自我意识过强。乾隆生活奢华，喜欢热闹，生怕后世不知道他，于是热衷于写字作诗，敲章题匾，甚至给每个宫殿的牌匾都重新题字，弄得到处有皇帝御宝。从小便受到皇家良好教育的乾隆不是文化或审美缺失，而是他的性格与经历让他不喜欢简单的东西，华丽与繁复才是他喜爱的。

瓷器馆中最后吸引到我的是光绪年间的瓷器，我很意外地发现，这个时代的瓷器的花纹有许多蝴蝶、花卉，非常女性化。细细一想，这些必定是慈禧喜爱的款式。

人气颇旺的地方往往陈有观赏性很强的藏品，台北“故宫博物院”内最锋利的“两把刀”是汝窑与字画。

在中国制作瓷器的历史长河中出过很多名窑，耳熟能详的有官窑、定窑、汝窑、钧窑与哥窑。在宋代的五大名窑中，汝窑的地位一直遥遥领先。一件保存完好的汝窑瓷器在今天可以珍贵到什么程度呢？前几年在香港拍卖会上，一件汝窑天青釉洗的最终成交价格是 2.9 亿港元。台湾建造这座博物院时，一度因财政困难而无法继续。美国提出可以全额资助，前提是拿一只汝窑瓷器做交换，这个要求被一口回绝。

北宋的汝窑莲花式温碗与汝窑青瓷无纹水仙盆这两件传世之作，可以在博物院中见到。观赏宋代的瓷器首先得品颜色。汝窑的颜色是天青色，于是天青色便成了中国文化中非常重要的一抹色彩。阳光下，它的青中反射出一些黄色，仿佛雨后的太阳冉冉升起；在暗处，它是青中带蓝，如同一汪幽静的湖水。它的魅力让每个欣赏它的人沉醉。

我眼前的莲花式温碗和无纹水仙盆形态简单到我不敢相信它有那么高的价值。在宋朝，它们不是被摆放在置物架上供观赏的，温碗是温酒用器，水仙盆是日常生活中被拿来洗手的盆。如今它们被静静地安放在那里，浅淡的釉面纯净无瑕，看上去是那么高雅、清丽、简约、温婉。人们常说唐宋遗风，耐人寻味，若将唐朝的瓷器和宋朝的比较，我认为宋朝瓷器最动人之处是，它告别了唐三彩的艳丽。宋朝的瓷器风雅简单，温和内敛，却气质卓然，力量感更强，令人百看不厌。

对于台北“故宫博物院”的参观，我把最爱的留在最后。

走进书画类的展厅，那些自小就会背诵的传世名帖便近在眼前。我在苏轼的《黄州寒食帖》（也称《寒食帖》）前驻留。少时上书法课时，第一件被教导的事情就是提笔要有功架，笔锋要有力。《黄州寒食帖》作为书法名作，行书并不工整，字体大小不一，有些字笔锋很短，笔墨的浓厚程度也相差很远。原因是苏轼写字的姿势很随意，他喜欢将手贴在案几上写字，并且自嘲自己的字是“石头压蛤蟆”。

单看不明显，将黄庭坚的笔帖与苏轼的一比较就能感受到，黄庭坚笔法的瘦劲。黄庭坚写字时功架很好，常说自己写完字后手腕与腰背都很乏力。有趣的是，这样的一个名家，写出的字却常被苏轼嘲笑成“树梢挂蛇”。黄庭坚不以为意，反而一直推崇苏东坡为天下书法第一人。我以前不明白为何黄庭坚对挚友苏轼如此崇拜，甚至不离不弃，苏东坡被贬官，他也一路跟着被下放。明明自己的书法造诣深厚，却心甘情愿说自己书法远不及好友。现在我明白了，那是因为黄庭坚与苏东坡惺惺相惜，而且他懂苏东坡的少年得意却仕途坎坷。苏东坡二十岁就高中榜眼，主考官欧阳修连夜拿着苏轼的考卷去面圣，说此人有宰相之才。但读过历史的我们都知道，苏东坡后来一路被贬官流放，最远被贬至海南。他在黄州写《寒食帖》前，经历了从颇受重用到因“乌台诗案”获罪入狱，坐了几个月的冤狱，几乎放弃了生存的希望，后被贬官至黄州。

《寒食帖》中的两首诗大家耳熟能详，我至今都能背诵。

一曰：“自我来黄州，已过三寒食。年年欲惜春，春去不容惜。今年又苦雨，两月秋萧瑟。卧闻海棠花，泥污燕支雪。暗中偷负去，夜半真有力。何殊少年子，病起须已白。”

二曰：“春江欲入户，雨势来不已。小屋如渔舟，蒙蒙水云里。空庖煮寒菜，破灶烧湿苇。那知是寒食，但见乌衔纸。君门深九重，坟墓在万里。也拟哭途穷，死灰吹不起。”

译文大概是，我来到黄州已经三载。春去春来，今年春天雨下个不停，两个月来天气好像秋天般萧瑟凄凉。我躺在床上闻到海棠花的香味，雨打海棠后，花瓣纷纷落入泥土。是谁偷去了春天，趁着夜里换走了时序。我如久病的少年，病起时已然白头。

雨下个不停，春江水涨满要流入屋中，我的小屋如同一叶漂荡在天地间的渔舟，被冲进苍茫的水云间漂流。家里没什么吃的，烧炉灶的芦苇也都湿了。我日子过糊涂了，见到乌鸦叼着冥纸才知现在已经到寒食节了。天子在宫锁九重的京城，我见不得，过世的家人在遥远的四川，离这儿千万里，我祭拜不得。本想同阮籍一般为走到末路痛哭，但心如死灰，哭不出来了。

对于苏轼当年的处境我颇感心疼。他可是早年写下过“大江东去，浪淘尽，千古风流人物”的人啊，那时候的他是多么意气风发。而《寒食帖》的行文，却透露着一个人历经挫折、受尽苦难后的苦闷与无可奈何。

黄庭坚在《寒食帖》后作跋：“东坡此诗似李太白，犹恐太白有未到处。此书兼颜鲁公、杨少师、李西台笔意，试使东坡复为之，未必及此。它日东坡或见此书，应笑我于无佛处称尊也。”大致意思是，东坡的这首诗谁都比不上，哪怕是苏东坡自己再写一次，也未必及此。这句话我解读为，黄庭坚理解苏轼当时的苦，惋惜他的才，赞叹他的真，所以当下觉得这就是最好的一帖。

《寒食帖》远远不只是一卷书法，更多的是苏东坡对当下人生的感叹，以及两位大家的友谊。

读完《寒食帖》，我又想起苏轼再晚些时候写下的《定风波》，词中写的是他与一众好友登山，忽然大雨倾盆，大家都觉得狼狈。唯独他很淡然，等雨停时，写下了“回首向来萧瑟处，归去，也无风雨也无晴”。少时只觉得文字优美，当我经历了人世的痛苦与挫折后再读到这句，几近感动落泪。那是经历了多少人世起落、成功失败后才能有的淡然心态。

我花了大半日在博物院，在书画厅，看着千年前的诗人留下的书帖，与它产生共鸣，心绪久久不能平静。旅行给了我这个机遇，用文学去治愈自己。

我旅行时，经常会去博物院和美术馆。卢浮宫、乌菲兹美术馆、大英博物馆，它们都很伟大，都藏有很多瑰宝，但是在我心里，它们都没有承载着中华文化的故宫博物院让人印象深刻。从博物院学到的知识，也伴随我们一生。多日后我回到上海，父亲颇有兴趣地问我在台北的见闻。我知道他喜欢国学，便滔滔不绝地把我在博物院的所得所想告诉了他。

• • •

沿瑞芳铁路而行 / 倚窗凭栏而停

今日我们要搭乘火车，欣赏一条有多重气质的铁道线路——平溪线。它清新，它复古，它曾有矿工的眼泪，现有情侣的欢笑。爱猫的我能在平溪线沿路的好几个村落寻觅到萌物的身影，而对未来抱有美好期许的人们，会聚集在铁轨上，放飞写满心愿的天灯。

几年前我第一次乘坐平溪线列车时，贪心地在每一站都下车逛个遍。第二次来，便直奔我最想去的地方。在瑞芳，我们坐上了有黄橙色彩绘的老列车，在十分车站下车，从一个名叫“520”的幸福月台出来，去许下心中的愿望。

无论是当地人还是旅人，到平溪线十分站放一盏天灯几乎成了一种风俗。不同颜色的灯罩有着不同的美好寓意，粉红色是“爱情顺遂”，大红色是“财源广进”，希望“十全十美”的人还可以挑选四种颜色一体的灯罩。我和先生挑选了祝福家庭平安幸福的玫红色天灯，各站在一边用毛笔写下心里的话。那是一个很有意思的过程，两个人面对面写的时候，并不知道对方的愿望是什么，在交换方位看到后才会心一笑。店铺老板是一位热心的阿伯，他让我们双手展开天灯，手执一角。还为我们拍照留念，然后迅速跑来，用火烛点燃灯芯。天灯迅速膨胀，温度越来越高，甚至有些灼人。阿伯一声令下，“放！”，我们松开了双手，天灯摇摇晃晃地飞向天空，飞得很高很高。我们不由自主地在心里反复许愿，那种感觉就好像捕捉到了一颗流星，真恨不得把所有期待的事情都念叨一遍。

完成了放天灯的心愿后，我继续坐上平溪线，在猴硐站下车。那是一个据说有许多萌猫的地方。果然，一下车我就看到了猫站长的塑像。这只鼻子上有黑色花纹的猫咪曾经是猴硐村的人气猫选手。在它过世后，人们为它做了雕像，如今萌萌的它依旧用可爱的表情欢迎大家来猫村参观。

进入猴硐村，我们沿着山路找寻每家每户门口的猫。它们很是淡然，哪怕被再多人围观，也能酣睡到尾巴都垂下来。有着多年养猫经验的我知道，一般小猫咪都是蜷缩成一团，尾巴卷起来睡觉的，顾不上尾巴的猫咪是睡得相当熟了。可见这里的猫幸福指数很高，一只只都心宽体胖。与其说我在猫村亲近猫，不如说我在观察这里的猫咪的生活状态。令人欣喜的是，大多数猫咪有主人爱护，就算是藏在树林里的野猫，也会有当地人定时投喂。

离开猴硐村时天色还早，我们决定去九份喝杯茶。平溪铁路上的列车是不折不扣的慢车，它缓慢地行驶于山丘与乡村之中。大多数时候我会拉着扶手看着窗外，但某一站上来的小伙伴成功地吸引了我的注意，它是一只叫“阿汪”的小狗，乖巧地伏在主人怀里，安静地看着周围。我发现台湾很多人会带着爱犬出行，带它们上公共交通工具也是常有的事情。阿汪的主人是个阿伯，看我一直盯着阿汪看，便说道：“它超乖，超黏人的，就是体重太轻了。不肯吃东西还老是喜欢往外面跑。”一边说一边抚摸阿汪。阿汪果然很黏人，用舌头轻轻舔着阿伯的手。“哈哈哈，你看它，阿汪啊，我也不能一整天都抱着你啊，你得像猴硐的猫一样独立。”阿伯嘴上这么说，手却将阿汪抱得更紧了。周围的人都笑着看着他们，当有人拍照时，阿伯细心地蒙住了狗狗的眼睛，怕闪光灯伤到它。

我知晓平溪线是因为一部很红的校园电影——《那些年我们一

当地人在铁路上放天灯

起追过的女孩》，自己踏入这里，当地人的友善打动了我。哦，对了，我还喜欢看菁桐独有的祈福竹筒。大家许的愿望都很实在，其中也不乏让人忍俊不禁的愿望，如“希望我女友不要再胖了”。

离开平溪线，我们在瑞芳换车去九份。九份，这座靠山面海的山城有很多标签，它是电影《悲情城市》中的九份，是宫崎骏画笔下的九份。

我在傍晚抵达九份时，看到雾锁群山，这座总是在朦胧雨雾中独自绽放美丽的山城，神秘又喧闹，那是一种很奇妙的组合。我随着人群缓慢走在老街上，只觉得拥挤得我连尝一下古早味小吃的心情都没有了。但一抬头看到那一串串红灯笼和老招牌，瞬间觉得，它还是那个有魅力的九份。

来九份前，我就计划在此喝杯茶就走，今天回想，觉得这个决定十分机敏。与其在人头攒动的老街上“享受”拥挤，还不如在驰名已久的阿妹茶楼倚窗而坐，听说宫崎骏也光临过这家茶楼。

阿妹茶楼在坡道的尽头，一排大红灯笼挂在深色的木制建筑上，很显眼，人们不需要特意找寻就能看到。我本以为那里也会挤满游客，不料却是个很清净的地方。门口有两个面偶，表情颇耐人寻味，很符合九份淡淡的神秘感。

那是一个阳光温暖的午后，与远处的云雾缭绕形成对比，我坐在室内，觉得一切阴郁情绪都被温暖的阳光驱走了。每桌客人脚下

猴硐村的猫

九份的阿妹茶楼

阿妹茶楼内的茶壶

都有一个大钵，钵里有炭，炭火上一只漆黑的水壶冒着白烟，发出咕噜咕噜的响声。服务员为我们倒上一杯高山乌龙，我们就着几样特色小吃，喝茶聊天，非常惬意。临走时，九份的山谷依然藏在云雾中，仿佛夕阳与它是永远分离的。

•••

澎湖／绕不过的一汪柔情

“这个季节去澎湖湾啊，可不是对的季节哦，现在刮东北季风呢。”出租车司机在送我们去松山机场的路上得知我们要去澎湖湾，诧异极了。

“可是我想去澎湖很久了，难得来次台湾，还是要去看看的！”我坚定地回答。

重返宝岛，有一种动力叫澎湖。早前看过一部电影，名唤《落跑吧爱情》，尽管剧情十分老套，但澎湖清澈的海水和双心石沪的浪漫惊艳到了我。

我们搭上飞往澎湖湾的螺旋桨小飞机，全程只有一位空姐服务大家。飞机降落在马东机场，民宿老板陈大哥一早就在等着我们了。他手上的名牌写的是我们的名字，不带姓，好似家长在呼唤我们。看着他慈祥的微笑，亲切感瞬间充满心头。

澎湖这个地方本来就没有多少外省游客，现在又是淡季，过来的都是台湾本地人，他们深知在淡季来游览澎湖能享受宁静。我们抵达时，民宿当天就我们一队客人，我们尽情地享受着陈大哥一对一的温暖服务。

澎湖列岛中交通最方便也最热闹的是马公市。漫步在马公街头，风景类似福建乡间。随处可见妈祖庙，我之前小看了马公，以为它只是个安静的小城。陈大哥告诉我，它是台湾拥有妈祖庙最多的和庙宇级别最高的地方。

步行到中央街，两边的榕树高耸入天。我见到一棵树冠像爱心的老树，路人告诉我，树后面看似不起眼的庙宇名唤天后宫，至今已有七百多年，里面供奉着妈祖。相传元、明、清三朝，每当军队与侵略者交战，妈祖女神都会默默保佑我方胜利。由于这个庙宇甚是灵验，被一再扩建并保留至今，成为马公乃至全岛的精神寄托。我看过一部电视剧，说的是妈祖为族人献身继而被封神的故事。在中国东南沿海区域，妈祖是家喻户晓的海神，林清标的《敕封天后志》中记载妈祖的功绩就有四十九条。书中记录了她降伏海妖、慈悲救人、保佑百姓风调雨顺等事迹，歌颂了妈祖济世救人的高尚品德。

世世代代生活在这座岛屿上的原住民大多靠海吃饭，他们和大海有着关乎生计的关系，会经常祈祷大海不要无故发难。神话形象

澎湖天后宫

源于人与大自然抗争的故事。我坐在大街旁的榕树下，回味着神话的余韵，也祝福这儿的人生活安定。抬头看着榕树从树干处垂下的缕缕气枝，享受着只有在南方才有的景致。

天后宫不远处是金龙头村。在这个岛屿，眷村是很特别的存在，它也是老一代的精神象征。有太多离开故土的老人在此度过了余生。他们思念家乡的情感像一条丝线，串起了海峡两岸的血脉。眷恋祖国，眷恋家乡，就是眷村名字的由来。20 世纪 70 年代以后，年轻人陆续搬离村落，到大都市工作。这个地方渐渐冷清了下来。

澎湖湾的眷村出过两位大众熟悉的歌手，一位是张雨生，另一位是演唱《外婆的澎湖湾》的歌手潘安邦。很巧合的是，张雨生的家与潘安邦的家离得很近，他们挚爱的外婆都居住在这里。

走进金龙头眷村，这里既有过年时的热闹气氛，又处处透着台湾特有的小清新风情，红灯笼与奶茶店和谐地融在一起。我找到了张雨生故居，他创作的歌曲伴随了我的花季。他家大厅有一面很感人的墙，上面写着他父亲、邻居、朋友对他的心里话。张雨生仿佛永远鲜活地生活在这里。

人的离世不是结束，被遗忘才是。

来澎湖的第二天早晨，北风刮得更紧了。我们当日是圆梦之旅，要坐一个半小时的船到七美岛去见心中的女神——双心石沪。

双心石沪

出门前陈大哥反复叮嘱我们："今天是五级大风，风力很强的。你们要带好晕船药啊！"当时我们只赶着坐船，对陈大哥说了句"我们从不晕船"就出发了。事实证明，陈大哥叮嘱我们的每句话都是对的。抵达码头时，我亲眼看到停在港口的船被风几乎吹歪了，私家船在冬季不会出发，只有公立摆渡船会一日两次从马公往返于望安岛与七美岛。

深吸一口气，涂上风油精，我用以意念保持平衡的方式在风雨中摇晃。最艰难的时候，船体摇晃得像一只钟摆。我环顾四周，惊讶地发现岛民们都很淡定。坐在我前方的一对老夫妻，他们在如此剧烈的摇晃中看手机视频居然还不晕船。好在船在望安岛靠岸停留了二十分钟，有海堤阻挡了风，船便不再摇晃。我站在甲板上许久，总算缓了过来。靠近内舱的地方堆放着岛民们的大件行李，我看到一位中年男子一直蹲在那边。走近一看，他家的猫咪也来坐船回家，猫咪蜷缩在宠物笼子中，害怕得瑟瑟发抖，这位男子一直守护在猫咪身边。

下船后，乌云弥漫的天空微微打开了一扇小窗，光线从那扇窗户透了下来，在海面洒下一片蔚蓝，没想到在阴雨天，七美岛海的颜色还如此清透，并且有明显的分层。若是晴天，不知道会美成什么样。我记得那天寒风呼呼地响，这绝对是我这些年遇到的最强的海风，我的发型被吹得完全不成样子，端着相机的双手不由自主地晃动。但我和先生的心里还是甜蜜得不行，那是克服困难达成心愿后的喜悦。双心石沪不负我的想象，宏伟、浪漫。它是七美岛乡民为了捕鱼而堆砌起来的石墙，历史悠久。它周围有玄武岩，底下是珊瑚礁，这样的地貌让它的颜色变得丰富多彩。两颗心中有金黄、翠绿、浅蓝、深蓝等颜色，这美景真是百看不厌。

七美岛有一点好，只要上了岛就不用担心交通的问题。澎湖列岛的民风淳朴，让人舒心。出门时陈大哥把一切都交代好了，告诉我们下船就会有岛民开小巴接送游客去七美岛特色的地方。正好遇上过年，船上除了我们这对在淡季从上海跑来的小夫妻，都是岛民，再没有其他游客了。我做好了多支付些车费的准备，心里祈祷只要有车接送就好。毕竟想抵达海边，光靠步行，时间不够。

没想到小巴师傅特别热心，一车就接了我们两个乘客，还只收二百新台币一位的车费。我们互相祝福新春快乐后，小巴师傅便开着车载着我们在岛上转悠。也许是因为淡季，所以看不到明信片或电影里蓝天白云配碧海金沙的美丽景致。但在东北季风的问候下，反而别有一番景致，大海与天地间尽显豪爽与大气。这里的生态很好，人少，羊多。路边的山坡上黑羊随处可见，母羊带着小羊吃草，互相追逐嬉闹，甚至旁若无人地行走在街道上，仿佛它们才是这里的主人。

站在海边的观景台前，看四周岩柱环绕，几根海柱孤立地高耸于碧波万顷之中。我们从断崖顶俯瞰崖下的海蚀平台，常年的冲刷让它变得平整且曲线动人。最妙的是，有一座海蚀平台俨然宝岛地图的模样，大自然的力量令人啧啧称奇。

从七美岛回到马公后，我们来到了最热闹的街区。正中心的标志是麦当劳黄色的招牌，所有的商店沿着路两边依次排开。我和先生满脸疑惑地走进一家卖酱料的门店，而我们想询问的是明日环岛旅行的车票。镇上的居民把我们带到这边后，确定地说："就是这家卖车票啦，快去和老板娘说。"

得知我们的来意后，刚刚还在招呼着卖虾酱的老板娘擦了擦手，到柜台后面拿出一个本子，认真地和我们确定证件号码与预计上车的时间。登记好后，老板娘从抽屉里拿出两张车票给我们。想不到一间不起眼的小店还隐藏着这种服务。这就是在台湾旅行的便捷，明明景点很分散，我们也没有车可自驾，但便捷的公共交通系统与温情的服务让我们很容易找到轻松的出行方式。

妈祖宫北环线是游览主岛最方便的线路，一路停靠的都是百里挑一的景点，或人文风情，或自然奇观。第一站抵达的是富有南部特色的通梁古榕。路旁的大榕树像一把把大伞覆盖着通往妈祖宫的路，幽静而壮观。后面几站都是气势磅礴的自然风光。冬天的风凛冽寒冷，我裹紧了大衣，想挡住肆意的北风。阴沉的云把天地间的连接线压得很低，几乎要贴近海平面，这样的景致只有在冬天的澎湖才能看到。海，还是蓝色的，不坚定的只有一根根随风飘摇的芒草。

大果叶玄武岩柱是大自然赐予的地质景观。多年前，联合国教科文组织世界遗产委员会来到了澎湖的西屿，看到这里的地貌后，由衷地赞叹这里是"世界级景观"。亿万年前，海底火山多次爆发，熔岩从地底缝隙涌出地表后收缩凝固，又经历了千万年的海

海蚀，形状犹如台湾地图

浪侵袭及风化，造就了形态各异的玄武岩。这里的石柱岩壁肌理分明，巍峨壮观，一字排开长达百米。一对恋人席地而坐，看着海面上的渔船渐渐远去。临行时，那对恋人告诉我，他们上次见到这样的景色是在意大利的西西里岛。

鲸鱼洞本来也是我一心想去亲眼看看的地方，可就在去的路上，倾盆大雨把我们赶进了一家温暖的米线店。店里放着周杰伦的歌，我们索性放弃了行程，在小店中享受避雨的宁静。夏日，其他海域的渔产刚过产卵期，鱼儿缺少脂肪不适合打捞，澎湖地区却反其道而行之。船员们会在夜晚小心驾船驶过黝黑方正的岩石，随着船长的一声令下，十几人协力拉起渔网，捞起花枝、小管等海鲜，这些海鲜将成为之后几个月餐桌上的美味。来澎湖地区，一定要去尝下当地的小管面线、蒸鱼与炸花枝。小管面线内还会加入当地独产的丝瓜，小管酥脆，丝瓜清甜。享用时斟上一杯美酒，与恋人坐在海边，看着潮起潮落，云卷云舒，真是风月无边。

二崁聚落是我们当日环游的最后一站，当时雨还淅淅沥沥地下着，好在有了村落就有了人烟。一位年逾古稀的老伯在自家院子里干活，看到我们狼狈的样子叫住了我们。进屋拿了伞递给我们，说：“雨应该会变小，你们拿着，冬天淋雨不好哦。”我们非常感激这一伞之恩。

聚落有个浪漫的传说，一位佛门子弟爱上了一个俗家女子，为了躲避教规惩处和同门追捕，他们远离喧嚣，来到这座人迹罕至的岛屿，开始与世无争的生活。漫步在村落中我们发现，留在这里的

小管面线

加了花生碎的二崁豆花

基本都是老人，他们与时代渐渐脱节，保留着以前的生活方式。远行打工的孩子们会每年回家为老人们装修房子的内部，但外墙还是用岩石堆砌来抵御海风的侵蚀。这里的特色是巷弄走道都用玄武岩块铺设，巷弄中有几家卖风茹茶与小鱼干的店铺，土地里的油菜花与白墙红瓦相映成趣，形成了宁静的田园景致。

我走进一家豆花店，点了豆花，并且请老板在豆花上铺了花生碎和黑糖。澎湖列岛的土壤是玄武岩风化而成的，盐分高，养分不足，不适合耕种。但这里的花生却异常坚强，一年一收的花生结实饱满。村民们慢炒花生，然后用石杵将其捣至细碎，无论烹饪什么食物，都爱在最后撒一把花生碎增加香味。我一口一口地品尝着这里的老味道，也品味着这儿的生活与习俗。皮肤黝黑的老板说，他们至今不用机器碾压花生，坚信手工活儿才细致，也更有诚意，这是几代人的传承。

临走前我把伞还给老伯，他笑着说“不用谢”时的那个笑容在我记忆的匣盒中被深深定格。下午三点，我们结束环游行程回到了市内。我们在澎湖只能待最后三个小时了，傍晚就要搭乘岛内飞机去台中。

我有些不舍，这里宁静休闲的节奏让我忘却了很多烦恼，一下子把我从快节奏的生活拉回平静。陈大哥发短信给我们，让我们在车站稍等，他来接我们回民宿休憩再将我们送去机场。我几乎忘记了他民宿老板这个身份，亲切地叫他“大哥”。这几天的澎湖之旅多亏有他照顾，给我们的旅行带来了许多便利。我们回到小屋，坐在散发着木香的客厅中，陈大哥沏了咖啡，我们坐着聊天。

“陈大哥，这几天太麻烦你了，你老是来接送我们，还天天给我们买特色早点。”我由衷地感谢他。

“没事啦，反正是淡季，我顾得过来。等过了四月，忙起来也就没有这么周到啦。旺季的时候，客人多。我天天得五点起床，不停地忙到晚上十点。”他的眉头舒展，说话永远不紧不慢的，“你们从上海来的吧，我月底会关门一段时间，跟团去江浙沪吃吃玩玩。”

“看得出你喜欢旅行，我看屋内装饰好多是东南亚的纪念品。”

“是啊，孩子们大了，都不愿意留在澎湖，情愿去大城市做文员吹空调也不接手家里生意。我以前和老婆经常趁不忙时出去旅行。”陈大哥说话的时候，眼神看着窗外，言语中满是怀念与忧愁。

我环顾四周，这几天房子里就他一个人。在举家欢庆的过年时分，他笑嘻嘻地在门口看我们放烟花，早晚和我们聊天。他一个人在家，守着一栋小楼，在澎湖旅游淡季接待我们这对远道而来的客人。

等我们走了，他的新春佳节会寂寞吗？他的妻子去了哪里呢？我没敢问。

当聊天陷入沉寂，陈大哥看了眼手表，说道：“我再带你们去离机场很近的海滩看一下吧，夏天的时候那里特别美。”还是阴沉的天色，还是苍茫的海面，冬日里本该萧瑟的澎湖列岛有这里的人情温暖着，我至今怀念那几天的生活状态。告别前我问陈大哥：“我能为你拍一张照留念吗？”

“我老了，不好看。你们下次来澎湖我再来接你们哦。”他站在机场关外，徐徐地跟我们挥手告别。

•••

恋上阿里山／勿问归期

在宝岛的最后一天，我们做了一个大胆的决定：一早前往阿里山。这可不是一段短途，需要司机开上一个半小时的高速公路与1小时的山路才能抵达。好在有足够的风景时，旅途的奔波也会让人心甘情愿接受。

很幸运，2月的日出比平时要晚些，这让我有幸看到几分钟的朝霞。温暖的橘光与火红的朝阳染红了天际。随着光线的快速变化，群山在慢慢苏醒，云海快速起伏。它们连绵不绝，层层叠叠，欢迎着太阳的冉冉升起。日出是一切生命的希望，它赶走了我出发前的挫折感与低落心情。那一刻我鼓起了面对困难的勇气，得到了一种能让自己泪流满面的力量，它来自大自然的馈赠。

早上九点，我再次来到观景台，云海是另一番景象，它像丝带般飘舞，偶尔露出淡淡的青色天空。那抹似蓝似青的美妙色彩，让我着实意会了“雨过天青云破处，这般颜色做将来”的诗句。要看到这样的美景，得到一番感动，必定要放下繁忙的工作，离开嘈杂的都市，打开旅行这扇大门。站在海拔2000多米的高山上，人的心境与情绪得到极度舒缓。

阿里山清晨的云海

我们在高山步道上看到了森林，这里自然生长着许多遒劲苍郁的千年红桧，它们被誉为“神木”，最年长的几株距今已有2000多年。它们巍巍挺立，高耸入云，人需要仰望才能看到它们的树冠。红桧是珍贵的森林资源，木材坚硬，气味清香，纹理自然。这片红桧林经历过两次浩劫，分别是天灾和人祸。天灾是指雷劈。我们参观了几株被雷击毁的巨木，有些生命力顽强的桧树会在被雷击过的树干上生长出新的枝丫。近年来山里人给最古老的几棵树装了避雷针以保护这些珍贵的活化石。人祸就是由于历史原因，阿里山的“神木”被过度开采，用来制作家具。一时之间，千年古树几乎被砍伐殆尽。这样的浩劫让参观的我们感到遗憾和心疼，希望新栽种的桧树在这片山地上能茁壮成长，同时也希望人类能真正爱护自然赐予我们的一切。

我们从夜市觅食开始这次旅行，也在夜市中享受我们最后一日的晚餐。台中的逢甲夜市美食虽多，卖家心态却略微浮躁。街边店铺卖的食物大同小异，多为坊间流传的概念美食。一家木瓜奶茶连锁店前挤满了人，队伍排到了50米开外，我好不容易排队买到，吸了一口却倍感失望，显然是粉末冲调的，香精味十足，也不知商家是花了多少广告费引来的人气。拐角处有位老伯，头发稀疏花白，身材瘦小，他捧着几小杯木瓜奶茶邀请行人试喝。我拿起其中一杯一饮而尽，天然的木瓜香气醇厚，奶茶味道浓郁。老伯笑嘻嘻地对我说：“你看，尝一口就知道我的木瓜奶茶和‘网红’店铺卖的不一样，真的不一样。”

我明白他说的不一样，是他还用着老方法在烹饪奶茶。慢则慢

台湾的美食人

矣，但体现了老人对手艺的尊重，对食客的尊重。这是我最爱的台湾的味道，它是旧时光里的美人，亲切且充满了故事。真希望这份“慢”，能再慢些消逝。

第二章

春华秋实一首情诗

——献给日本关西

我若爱上一个地方，就会经常去。有人问我，你已经去过五次京都了，为何还要去那里？原因很简单，京都好比一本书，我每次去旅行都只看了它几页，我愿意花一生慢慢地读它。在京都旅行，是一场美学的巡礼，它的美精致、脱俗、无处不在。年复一年，我蹚过了春华，路过了秋实。我折服于关西无与伦比的魅力，只想为它献上一首情诗。

• • •

春日与樱

京都人常将追寻最美的秋日叫“狩红叶”，在我看来，是否有缘遇到盛放的樱花才是一场豪赌。非得如我这般一连四年在清明时分“追樱”的人，才能有如今的不待来日，只争今朝。

含苞待放的春樱

犹记得 2017 年清明，经过了足足一个冬日的等待后，我迫不及待地飞往关西。在从关西国际机场前往京都市区的路上，我看到街边花树没有丝毫的粉色后心中直呼“不好”。果然，等我赶到京都，今生竟然第一次对“含苞欲放”四个字爱不起来。

我每次在京都也就停留三五天的光景，心中真恨不得拿灯笼照，拿暖炉熏，就希望奇迹发生，满城樱花树一夜盛开。惋惜归惋惜，花事不由人，我也只能静待花开。希望它们能可怜一下旅人的执念，早些开起来。好在樱花花期短，一日复一日的，我也算能见到花苞羞答答地绽放。如果把镜头离花树近些，勉强也能看到一些娇嫩的花瓣在阳光照射下、清风的吹拂中，展开了娇颜。

虽然没能看到京都被樱花包围，但春日仙子总是含着笑意，为大地与人们带来新希望。在这草长莺飞的季节，柳树抽出了嫩芽，贴梗海棠、迎春花、红茶花、郁金香竞相开放。旅人兴致勃勃地寻访那些无须樱花装点，但依然游人如织的山川古迹，如矗立在湖中的金阁寺，以及伏见稻荷大社。

2017 年，我唯一的小烦恼就是要写一篇以“预约樱花雨”为主题的文章。在我的想象中，樱花雨的场景应该是粉白的花瓣应许了风的追求，从天空中徐徐飘落。而在这初花时分，距离樱花雨肯定还有一段光景。

离开京都的前一日，我和友人小天漫步在建仁寺。他提议为我拍些照片留念。我欣然接受，手里拿了一把伞，无雨，只为拍照好看。忽然，小天像发现宝藏一样兴奋，叫我跟随他到庙宇一角。走了没几步路，我们见到了最早开花的枝垂樱。

我一直认为，枝垂樱是日本樱花大军中的天使。开得早，比主流染井吉野樱早两周开；种得多，但凡是有名的神社和寺庙，百年前就种植了这个品种的樱花；凋谢得晚，晚樱时分还能见到她坚守着美丽。

在梦幻的粉色樱花树下，我撑开了伞，接来了早春的樱花雨。

有位朋友对我说过："千万别以为你在春天到访日本，就一定能看到绽放的樱花。樱花身子娇贵，任性，冬天冷了，她就晚两周开，过完年一热，她就着急地早开。要赶上最美的樱花季，你得时刻做好改签机票的准备。"一连四年，每年清明去关西的我，能否看到盛放的樱花全凭运气，可谓用事实验证了朋友的经验之谈。改签机票还是个用钱可以解决的问题，京都樱花季的一房难求才是问题的根本。随遇而安吧！

总有人问我，樱花盛季为何总让人魂牵梦萦。早樱不好吗，晚樱不好吗？我觉得都好，只是盛季的樱花更好。"十日樱花作意开，绕花岂惜日千回？"这句诗是我内心的真实写照。

日本的大街小巷、山野河畔，种植最多的是染井吉野樱。它在绽放之际，似漫天霓裳把你拉进一个空灵的浪漫世界。它树枝细长，树冠如盖。一朵花有五片花瓣，最初开花时是嫩粉色，像懵懂

枝垂樱如雨丝

少女纯洁的爱情；临近凋谢时是粉白色，随风飞舞时以每秒 5 厘米的速度降落的姿态被誉为“吹雪”。

在花开最旺的几天，你会邂逅一条条粉色隧道。这不是一棵两棵大树能形成的，非得在种满年长的染井吉野樱的路边或河堤边才能遇到。我此生只有幸见过一次粉色隧道。2016 年的某个清晨，我在京都鸭川旁的小路上见过一次此生最难忘的花道，开满粉色樱花的枝丫将路围成了一条隧道。就在当晚，骤雨来袭，大风呼啸，等我们第二天一早再去时，已经是“风吹雪”的景象了。渐近凋零的染井吉野樱悄然冒出了绿叶，舒展着曼妙的枝条怡然起舞，展示着它们最后的风流。风起雨落的时候，树叶们欢乐地汲取着大自然的雨露，而花朵们则前赴后继地赶着扑向大地，着急地为地面铺上粉色的地毯，也为涓涓细流点上少女眉间的花钿。

地面和溪中有多少花瓣，树丫就有多少花朵等着飘落。再多等几日，晚樱也将开始下起花雨。

浮见堂铺满落花的树下，迎来了一对拍婚纱照的新人。那日骤然降温，天空飘着绵绵雨丝，时停时下。摄影师指挥着新人做出各种动作，一会儿让准新郎拿起透明雨伞走向准新娘，一会儿又让他们躲在伞内窃窃私语。估摸着这对新人是没有做演员的天赋，频频笑场。

此刻的我享受着最后的樱花雨，此去一别，又是一年。

景色斑斓的秋

“枫叶千枝复万枝，江桥掩映暮帆迟。”“山远天高烟水寒，相思枫叶丹。”诗词中所描绘的枫叶景色在岚山都能见到。

京都的秋意从岚山变红开始。岚山地区的渡月桥上行人如织，早上九点的晨色为大堰川镀上一层金色。几只鸽子在铺满鹅卵石的浅滩上悠闲地踱步。约上一好友及她母亲，我们在秋日里一同欣赏岚山。

闺密穿着魏晋风的汉服，挥着宽大的袖子远远地向我招手，见我就说道：“远处的银杏树颜色太好看了，金灿灿的！”同她只套了三重薄薄的汉服比，我已经是全副武装，穿上了大衣、毛裙这些冬日的衣裳，一顶白色贝雷帽歪歪地斜在头上，被我的丸子头顶得特别滑稽。她实在看不下去，叫我赶紧坐下，顺手帮我梳了个服帖的法式辫。她妈妈眉眼弯弯，一脸慈爱地看着我们，和我先生说：“你看，她们两个多要好，难得！”这是我们第二次来到岚山，却是首次一起在深秋来看红叶。

天气晴好，阳光照在色泽艳丽的树叶上，把红叶打成了半透明的绯红。观赏游玩的路上，闺密的妈妈经常不见，我们需要折回去

岚山的秋色

找她老人家。每次找到她时，她都是以抬头或者弯腰的姿势在拍摄似火的红枫，并不停地赞叹："哎呀，走不动道儿了，太美了！"

我记得 2016 年的春日，我和闺密两个人穿着和服，踩着木屐从天龙寺出发，途经嵯峨野竹林，一路登高走向观景台。嵯峨野竹林的路不长，本来十分钟的路程，因途中被数拨游客拦下要求合影，花了半个小时才走完。樱花季没有红叶季人多，观景台上游客寥寥。我们的视野所及的保津川，两边秀丽的山脉上点缀着一棵棵粉色的樱花树，我们相信这应该是山樱。

一位扛着三脚架的香港小哥也登上了观景台。看到我们穿着和服，脸红着局促地问我们能不能让他拍一张照片。

作为摄影爱好者，我很能理解看到有人穿着民族服饰时就想拍照的想法，我们欣然接受。

"我觉得，你可以拍我们的背影，人景合一的照片更耐看。"

"好主意，太感谢你们了！"小哥腼腆却笑得诚恳。

在硕果累累的深秋，时间画了一个圈，画出了我和京都的缘，也画出了我对京都的眷恋。我经常思念 2016 年春日的碧波与山川。浓浓的思念化成了动力，让我和闺密重返岚山，追寻用枫叶绘就的岚山秋意图。

这次我们站在同一个观景台，看到了与 2016 年春天完全不同的景色。橙、黄、红，每一抹色彩都为这座山添上了一笔浓墨。看到这熟悉又陌生的场景，我有点触景生情，多年的友情让我和闺密再次携手来到同一个地方。人生中，每个人都有段关于青春、友谊的回忆，而我们不需要追忆，因为还在一起。

游玩岚山的那天下午，照我先生的说法，是不堪回首的。我和闺密特别兴奋地把一个个寺庙依次逛过，最后我先生和闺密的妈妈体力不支，两个人静坐在大觉寺的檐廊下聊天，也不管我俩，我和闺密像小孩子春游一般，时不时携手失踪一阵子，帮对方拍照片，留下回忆。

欣赏完岚山的秋色，我们从郊外回到京都市里。京都曾是日本的古都，也是古建筑保存最好的城市。在京都的大街小巷，古色古香的建筑随处可见，那些亭台楼阁、寺庙屋宇至今还保留着我国大唐时期的风雅古韵。某日我们一行四人照着友人设计的城市漫步路线走到了南禅寺附近的名庵。进入这座小小的庭院，我立马感觉到嘈杂被隔绝在了门外，三三两两的拜访者礼貌地互相打招呼，随后静静地坐在屋内檐廊喝一碗抹茶，发着呆。这才是我最想要的禅意庭院，有着“俯首流泉仰听风”的惬意和与世隔绝的安静。

我拿出手中的门票，那是一张印刷精美的书笺，上面写着大大的“苔”字。把此字印在门票上有它的意义。与京都别的庭院精心栽种的苔不同，这个园林的苔随着水流自然生长，有四十种之多。庭院门票有五种设计，分别代表院落五种美的形态。旅人拿到哪一张，全凭缘分。庭院布局倚仗东山之势，引来琵琶湖之水，苔草翠绿，水流潺潺。

我一边享受庭院的秋色。一边好奇地问友人："院子的主人是如何做到将景色和名字结合的？"

她温柔地对我说："你看下院子周围巨大的乔木，它们在日式庭院中很少见，这些乔木把周围的街道和人流挡在了外面。而庭院风格也和传统的日式人工景致不同，这里引入了山泉和假山，体现了回归自然和大道至简的质朴。"我被这自然、古朴、充满禅意的庭院美景深深吸引了。

秋色醉人，就是我此刻的心境吧！

将自然引入庭院的设计让我觉得新奇，那京都郊区绵延的山丘会是什么样的景致呢？带着这份好奇，我来到比叡山。现今旅人都知道比叡山下有一座名叫琉璃光院的庭院，坐火车到八濑即可。殊不知，和"网红"庭院比，比叡山的历史才是真正的悠久。电影《妖猫传》让我知道了空海法师，以及与空海法师齐名的最澄法师，最澄法师在此建延历寺后，比叡山自此成为日本天台宗的总本山。

步行上山的路上，比叡山枫叶的颜色让我惊叹，它已经不能单纯地用"红"来描述。淡粉、朱红、玫瑰红、明黄、橙红、翠绿、老绿……对颜色敏感的我也数不清到底有多少种色彩，绚丽多彩的颜色让人目不暇接。

琉璃光院

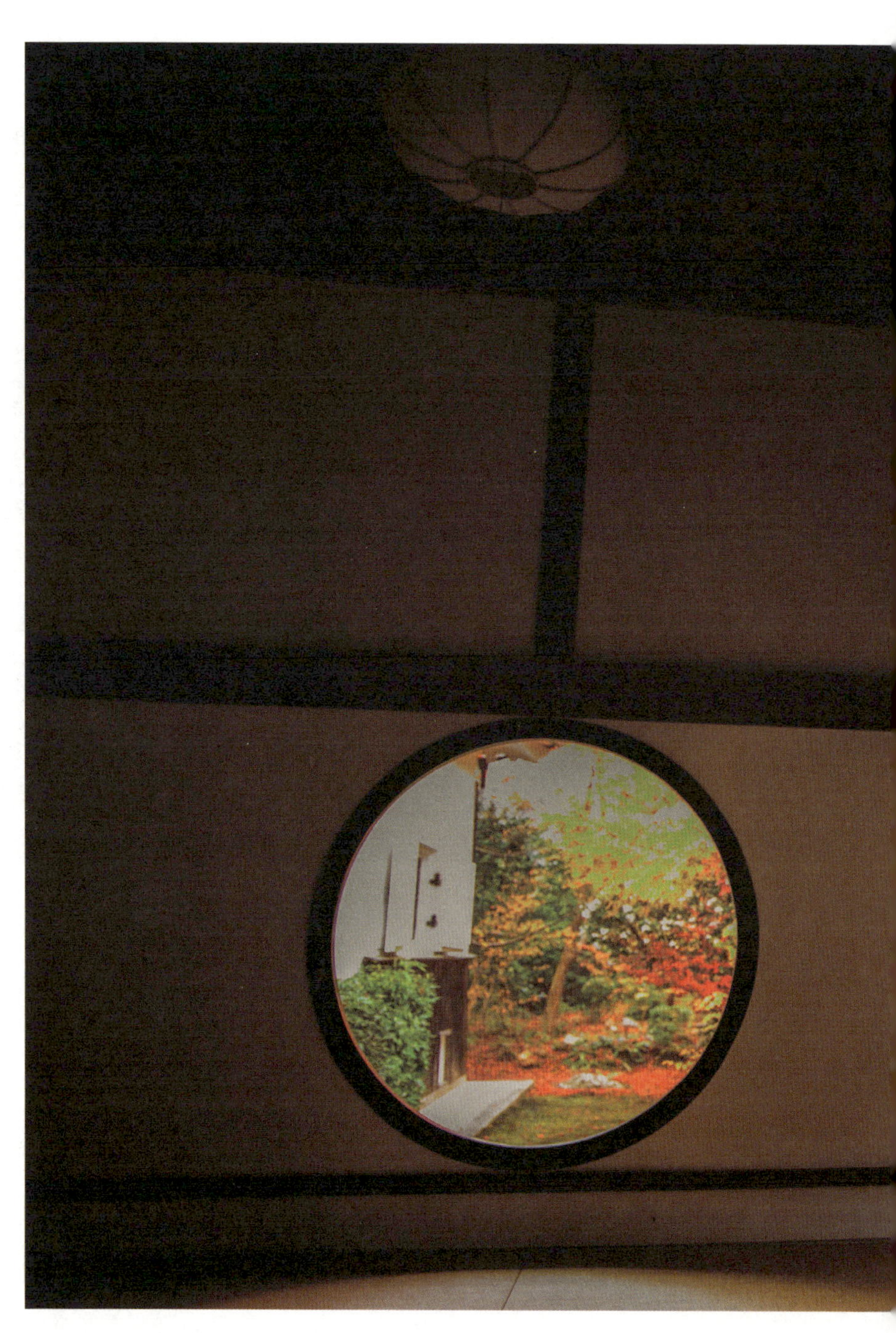

源光庵的两扇窗户

我拿的是琉璃光院的预约集合券，必须在预约的时间前赶回，只能走一段山路，若非如此，我倒是想坐缆车上山去看这座彩色的山。有时候太过于细致的行程攻略，不知道是谁为难了谁。

在进入琉璃光院之前，我反复幻想着它的美景，在一些著名摄影师的推动下，它需要提前两个小时预定并在指定时间集合才能参观，而且每次只能几十个人一同进入庭院。先前看了它的照片，我以为是地板上铺了反光板，好像镜子一般，映出了窗外的美景。实际是窗前放了一张桌子，游客端着相机，趴在反光的桌面上拍摄了窗外的红枫与倒影。我觉得这张桌子可以用来喝茶，用来抄经，绝不是让人用来拍一张角度刁钻的照片的。

而且，每一拨人只有几秒钟的拍摄时间。一到时间，工作人员就会大声喊叫“Change，change”，催促游客赶快离开。这个场景与我的想象有巨大的落差，我只好慌忙地拍了几张便不得不离开。这就是典型的打卡旅行吧，不会有第二次了。

琉璃光院修建于昭和与明治年代交替时期，原本是用来静修赏景的。日本的美学最讲究含蓄、隐射、禅意，这样的排队、催促、吵闹又有什么意思呢?

和大热却失去风雅趣味的琉璃光院比，我更爱附近的源光庵。两扇窗户，一方，一圆。本堂左侧的圆窗名为“顿悟之窗”，代表禅、智慧和整个宇宙；右侧的方形窗名为“迷惘之窗”，代表人世间的执迷不悟、逃脱不掉的生老病死和四难八苦。两扇小小的窗，通过四季变换，带给每个人不同的感悟。京都人以最简单的形态阐述了博大精深的禅文化，这才是和思考相结合的日式美学应有的形态。

在静静观赏将秋色传给人们的窗户之余，不妨在这小小的寺院走走，总能邂逅脚下交错的落叶，找到属于你的清静。

对了，堂前还有一棵怒放的红枫，那是我在京都看到的最美也最大的红枫树。

当京都的天气渐渐转凉，永观堂的枫叶便会在深秋奏响红叶大合唱的旋律。风起，屋顶藏在婆娑的树叶中，光影将枫叶的美态映在墙上，斑驳灿烂，宛若一幅画，又像一把火焰，燃烧了整座庭院。红叶季的京都，它的美难以名状，若你不亲身体会，很难有共鸣。只有你到了那里，才会深深地赞叹："原来如此啊！"在京都的美学巡礼中，秋季的地位是重中之重。

•••

京都美食／和式料理与居酒屋

我握着地址，走在木屋町通的街道上，找寻米其林一星的京料理店——本家熊。在一处小得不起眼的门前，我看到暖帘上的店名绘图，才确定这是我们找寻的店。几枝高高的竹子矗立在门前，颇为清雅。进门后，我们换上木屐，热络的女将忙迎出来，向我们问好。我把事先预定的信息单给她，她戴上眼镜一丝不苟地核对后，笑容满面地带我们进入长廊。

长廊两侧是一间间和式木栅包房，我环顾四周，房中有一张矮桌，两把和凳，一幅唐纸书法挂在墙上。窗户是用纸糊的，窗下放了枝清雅的兰花。女将便是这家店的老板娘，穿着素色的色无地，体态优雅，面容和善。她打开窗户让我们先观赏庭院风景，随后跪在榻榻米上向我们介绍这家店的历史，开口居然是一口流利且发音标准的英语！在确认我们可以开始用餐后，一位身穿玄底彩绘和服的少女进门开始为我们服务。

我们预定的是售价九千八百日元的春日怀石午餐。怀石料理开始于日本的镰仓时代，起源于日本的一些寺院，在日本的室町时代渐渐发展成型，并在江户时代，成为日本特有的一种饮食文化。

现在这种传统饮食文化依然被日本人代代相传，经过岁月的洗礼，变得更加完善、全面，也衍生出不同派系。它有繁有简，成为日本饮食文化中的一个亮点。怀石料理中有一个关键词——旬の味，翻译成中文是“季节的味道”，就是品尝当季的时令美味，感受大自然的恩惠。春日的樱花、夏日的鲜鱼、秋季的松茸、冬天的雪蟹，是怀石料理的主要食材。

在怀石料理中，器皿的重要性丝毫不亚于料理本身。怀石料理的器皿以木器、陶器、瓷器和金属器为主，无论何种材料，精致的做工和流畅的线条是一定要的。一个好的怀石料理厨师，会根据拿到手的器皿的材质和外形思考应该用它来盛放什么食物。比如，夏天用玻璃器皿会让人觉得清凉，用锡器做汤碗会比陶瓷器更加贴合唇部等。哪些食物对应哪些器皿，大多由厨师的审美与经验判断，

怀石料理的向附

居酒屋的百姓料理

所以用合适的器皿搭配食材也是怀石料理的特点之一。

穿和服的女孩微笑着问我用餐时是否需要酒，来日本当然是少不了梅酒啦！酸甜香浓的梅酒让我这个平时滴酒不沾的人，想起来就要流口水。至于是勾兑热水还是加冰块，我个人觉得还是加冰块能更好地保持梅酒的清甜。

“先附”，宴席中的第一道菜肴，属于餐前下酒菜，大多是冷菜，分量不是很大，一般是用“拌”“浸”的方式制作，里面的材料丰富，大多在三种以上。“先附”的特点是色彩鲜明，能勾起人的食欲，是整个宴席很好的开端，为即将呈上的菜肴作一个非常合适的铺垫。我们的“先附”有若布、莺菜、笋等各种蔬菜做成的沙拉，配上两个柿叶生鱼片寿司，以一束含苞欲放的樱花作为点缀摆放在漆盒中，旁边还有一小碟章鱼。

“碗盛”，主菜呈上前的一道清汤，汤汁很清，能见底，食材的形状及摆放也要体现艺术感。由于之前的菜肴是冷的，所以这道料理的出现会很合食客心意。“碗盛”的特点是容器美观，食材既可暖胃又可消除食客口中的酒气，让食客为品尝主菜做好准备，更可以进一步打开食客的味蕾。我们的“碗盛”内有海鲜团子，其中一味海鲜团子是嫩绿色的，口感鲜美。枣红色的团子很弹口，最妙的是汤底的颜色是嫩黄色，有淡淡的奶味。三种颜色齐聚于一碗汤，很具观赏性。

“向附”是由各种鱼生配置而成的冷盆。副厨提示我们，不同的鱼生要蘸不同的酱料食用，目的是在口中产生奇妙的味觉碰撞。“八寸”放在一盏小小的杯状器皿中。鲷鱼刺身上放着一片嫩叶，随后的海鲜“烧肴”是一味鲜鱼丸子配海藻。

我前几年吃怀石料理时，一直不明白，为何店家能无缝连接地上每一道菜。今日我总算见到了，原来和服少女会计算一下时间，并在屏风后不动声色地张望。一旦看到我们碗碟空了，便马上去厨房取出下一道。

由于是午间料理，道数不多，既无“油扬”也无“烤物菜”，因此“烧肴”之后就要上“御饭”了。当和服少女把一只长方形漆盒放在桌子上时，我们的脖子都伸长了，要知道，我们到现在还没有吃到肉呢。打开一看，竟是两个蛋卷，一碟腌渍。就算米饭再晶莹剔透，我们都有些失望。胃口大的人，今天这顿铁定是吃不饱了。就着蛋卷与味噌汤，我们心里五味杂陈地用完了御饭，权当饱腹。两道作为清口的新鲜水果和抹茶，虽然简单却也算可口。或许怀石料理的午膳保留了当年和尚抱石取暖抵抗饥饿的简单。

友人体谅午餐我们并没有吃尽兴，拍着胸脯对我说：“晚上我带你们去我家楼下的传统居酒屋，保证你们酒足饭饱，有肉吃！”

“爸爸！妈妈！”友人鹤大哥领着我们进入一家小小的居酒屋，看到老板、老板娘亲切地称呼着。鹤大哥他们并非家人关系，但用日文这么一称呼，人与人的距离一下子就被拉近了。在京料理店不得不保持风度的我瞬间放松，踢掉鞋子，上榻盘坐，端起一杯小酒就开始大声聊天。对我们这些平常人来说，居酒屋接近家庭小饭馆的价格和轻松的环境更接地气，更适合我们。

先生一口一个芸豆吃个不停，口齿不清地说："以后千万别找我去吃和式料理了，我还是喜欢居酒屋。"

"哈哈，京都有那么多家米其林餐厅，是因为和式料理漂亮，讨老外喜欢，很容易得星。还有，现在某家米其林三星餐厅得奖，就是因为那家女将的爸爸以前是御膳协会会长，所以她一开饭店就被一群人追捧，你们可千万别迷信这些。"鹤大哥拿起啤酒一饮而尽。

话还没说完，"妈妈"便拿着一盘广岛烧进来了。广岛烧两面被煎得焦黄，里面的大葱和肉散发着诱人的香味。馋虫一下子就被勾了出来，我迫不及待地切开它，酱汁包裹馅饼的香味引得我直流口水。"妈妈"亲切地和我们说："吃吧，我们家里吃饭就经常吃这个，你们来到这儿，我就当你们来我家做客了！"

之后的炸薯饼、煎肉饼、各种烤串都好吃极了，我们大快朵颐。末了，"妈妈"又推门进来，笑着给我们看她用粽子叶包成的香袋状的甜品，不停地问我们："是不是很可爱？"我拼命点头，打开一看，原来是草莓大福!

那晚要不是我们还得赶回奈良住宿的地方，真想与鹤大哥和老板夫妻不醉不归。

• • •

和服 / 绣罗衣裳照暮春

日本关西地区的人常说：“吃倒在大阪，穿倒在京都。”京都的妇女以讲究穿着而闻名。从来没有一座城市，像京都一样，有那么多穿和服的女子在街上行走。我去得多了，很轻易便能分辨出走在路上的穿和服的女子是游客还是本地人。

穿着素色色无地和服的京都妇女

京都女子穿和服时，头发总是梳得服帖、妥当、一丝不苟。和游客喜欢在头上簪花不同，京都女子并不会在头发上做多余的修饰，而且行走时仪态优雅，低眉浅笑。和服颜色偏素，以突显温婉气质为主。在重要的日子里，她们把和服作为隆重的礼服穿在身上。和服之于她们，是生活中的仪式感，代表幸福和隆重。

而旅人在京都穿和服，则是演绎旅行中的仪式感。无论女子在日常生活中是什么职业，一旦换上和服，便多了几分婉约与复古气息。我乐此不疲地把和服作为美学搭配课题来研究。

穿和服时，头发是必须要盘上的，还得把细细挑好的发饰簪在盘发的一侧。每次搭配最花费我脑力的无疑是腰带。面对丸带、袋带、半幅带，在款式上就得选上片刻，颜色部分更是颇具挑战。每个提供换装服务的店铺，总是让人先选好和服，再拿来一些相称的腰带供客人挑选。穿上身前，我会拿腰带与和服花色做比对，或选择和服中已经有的颜色，或索性挑选撞色，如粉配蓝、紫配黄。

京都本地女子系腰带会考虑是否已经婚配。一般来说，未婚的少女会系上蝴蝶结款的文库结，已婚的女士则折叠成小枕头样式的太鼓结。一些讲究的女将，还会考虑腰带花色与和服意境的呼应，如春末她们会穿灰紫色的和服，配上落英图案的腰带；而秋天则会穿栗色和服，配上有红枫或菊花刺绣的腰带。在日本人含蓄的美学概念中，能显露女性无穷魅力的部分是颈脖，白皙的颈部肌肤呈现出一如天鹅般美丽的线条，恰到好处地展现了女人的清丽与妩媚。

旅人不需要严格遵守和服的穿搭规则，一切都以自己的喜好为主，图的是新鲜与好看。

我每次穿和服，心情都有点忐忑。和服这种服饰是不能体现女性曲线的，纤瘦的人穿，需用层层毛巾掩饰细腰身，而像我这样的圆润身材，需要担心的则是不被腰带勒死。体贴点的和服店员会不停地询问客人是否舒适，就怕碰到“狠心”的店员，不管客人是否已经透不过气来，只会一味地说：“がんばれ（加油）！”待我全部穿戴完，套上足袋，踩上木屐，便能拎个小包出门逛啦。

我穿上和服后是走不远的，行动于方圆三公里内已经觉得脚趾间被木屐夹得生疼，腰部也被勒得动弹不得，常常不满半日就会回去换上自己的轻便服饰。要优雅地穿上和服走一天是不可能了。

往返京都次数多了，我竟然有了几个久居京都的朋友，这是旅行带给我的惊喜。曹君就是我认识的朋友中的一个，我还认识了他女朋友镁镁。我与曹君于去年秋天相识，那时在读研究生的曹君出来打工，做一日游的导游，而我为了视野好，坐在副驾驶座位。车中其他游客在行驶途中只顾着小憩，而我则和曹君聊了一路。

今年出发去京都前，已经在网络上聊了半年并成为朋友的我们相约两对人一起去踏青。他们开车来接我们，我们一同去吉野山看樱花。出门前收到曹君的微信信息：“姐姐，你等我们一下，我们在穿和服。”“慢慢来，穿得漂亮点，我给你们拍情侣照！”

穿着和服逛公园的我

初见镞镞，她羞涩地裹在粉色的和服中，曹君真是运气极佳，找了这么漂亮的一个无锡女孩。她在大阪读书，课余报名了兴趣班——和服穿搭。身上的这款和服是她老师为她挑选的。

“镞镞，我知道你今天穿和服，特地给你带了一只舞伎的发饰，你看这粉色流苏像瀑布一样。”

镞镞拿了流苏片刻，却没有戴，还给了我。原来得益于和服老师的教导，她说不能随意将舞伎的发饰戴在头上，会混淆和服的穿搭规则。好在她很喜欢我带给她的扇子，经常拿在手里拍照时做造型用。

去吉野山郊游的那天起了大风，加上今年樱花早开了半个月，吉野山山腰（中千本）的樱花花期已过，唯有山顶的奥千本的樱花开得正好。我 2016 年来吉野山时，已经在山腰看过一目千本的盛况，但曹君和镞镞不能白来，要看樱花就要登上奥千本。我和先生看到镞镞的木屐有些为她担心，穿着它爬山有点虐人啊。曹君很机敏，一下车就换上了跑鞋，把男士木屐装在袋中一路拎着。我和先生直嘲笑他坑女友一百年。

过了奥千本的修罗门，身体在炼狱，心灵在天堂。樱花盛放于路边的土坡上，但东北方向寒风凛冽，大风直往我们嘴里灌。我穿着厚厚的风衣，还是冷得草草拍了两张照片就收手了。西边的坡风比较小，只是没有可供游客上坡的台阶，得爬过几个矮坡才行。镞镞焦急失望地站在路边，眼见着满目樱花，奈何却穿着木屐，压根儿没法爬坡。曹君也急女友所急，忙说要把自己40码的跑鞋给娇小的锳锳穿上，被女友回了个白眼。

我得到了提示，问了锳锳的鞋码，居然和我是一样的。我把自己的鞋脱下，对她说："锳锳，你穿我的鞋子爬上去，我穿你的木屐，等上坡了我们再换回来！"锳锳起初有些犹豫，后来终于在我的鼓励下换了鞋。我本想穿着木屐爬坡，果然不行，木屐底部太滑，根本没法着力。特殊时刻，绝对不能让这些小事阻碍我们。我脱了木屐，在曹君的惊呼下赤脚爬上了坡。先生一早在坡上占好了位置，把我和锳锳都扶了上去。在奥千本拍了心心念念的和服留影与情侣照后，我们四个人像完成了大冒险一样开心、兴奋。

京都的服饰有无穷的魅力，它吸引着旅人穿着和服行走于大街小巷，也吸引着爱美的女人穿着它去爬山。

与已经走入寻常百姓家亲和的普通和服相比，舞伎那华美精致的西阵织和服则成了高挂在枝头的玉兰花，唯有亲眼看到舞伎才能欣赏到那种神秘的魅力。

某年我一个人走在祇园的小道上，正盘算着是去八坂神社参观还是去吃抹茶冰淇淋。一位美艳的舞伎快步从我身边走过，等我反应过来时，她已经走到了我的前方。她天鹅般的脖颈上涂着雪般的白粉，优雅而不失风情。

看到她我想起了《艺伎回忆录》中的一段话："都说不是每个

女人都有做女人的资格，活在世间的女子应该是精致优雅的，想象中的女子要么布衣布履漫步乡间却纤尘不染，要么浓妆粉黛美到心醉。”清冷的舞伎让素净的房屋、街道、茶具、清酒都有了神秘的气质。她们善于用背包、脂粉、木屐、折扇装点自己，清冷的气质下是艳丽的外表。

京都舞伎与艺伎

京都的舞伎是这个城市的一道美丽风景。她们梳着桃割发型，每月会插象征不同月份的发饰。与大多数月份以当季花朵为主题的发饰比，我个人更欣赏象征文月（七月）的用彩扇、金鱼、梵天做成的彩色发饰。

三月水仙，四月樱花，我偶遇的这位年轻舞伎果然佩戴着樱花发饰。

到目前为止，我见到最多艺伎的时刻是在夜晚，白天很难见到的她们夜晚会在祇园的各条小路和你萍水相逢。叮当，叮当，当你远远听到这个声音时，可能就有一位装扮华丽、面无表情的艺伎向你走来。与满头簪花的年轻舞伎比，艺伎的发型变成了素雅的岛田髷，衣襟也从彩色变成了全白。

艺伎在面对游客的“长枪短炮”时，有一种泰山崩于前而色不变的淡然，让我误以为她们是不会笑的。然而当她们处于工作状态时，则会轻声细语地接待客人进入酒屋，深深鞠躬，笑容满面。

• • •

漫画中的铁道／与宇治之魅

坐在靠窗的座位上，我时而会看窗外的关西乡村景色，时而会好奇地观察坐在列车上的人们。上了年纪的人会拿一本书，慢悠悠地从后页开始竖着阅读并往前翻页，这种排版来自古代中国的印刷习惯，日本人现在还保留着。穿着铁道制服、戴着大宽檐帽子的工作人员，每到一个站台，都会从驾驶室出来，敬业地挥舞着手上的指挥棒，看到大家上车后，再开始继续行驶。漫画里的故事，在铁道和列车中的一定都是真实的。

列车靠站，宇治终于到了，它不再是我每次去奈良的路上匆忙而过的一个站台。此时，这个城市化身为身体裹在朱红色平安时代的和服内、秀发散发着绿茶清香的温婉女子，欢迎着旅人的到来，并找我们聊《源氏物语》千年的卷章。

穿过樱花林的列车

我认为，要近距离接触平安时代的盛景，宇治是个很好的去处。坐落于宇治的平等院是紫式部所处的年代中，权倾天下的藤原氏的别墅。在《源氏物语》中，紫姬对建筑和庭院有过大篇幅的描写，想必平等院的美，是她的灵感之源。初见这座千年殿堂，门口花架上的紫藤初放，刚刚抽出一点新条的它像少女的脸庞青涩娇嫩。我真期待在紫色花枝飘摇曼舞的时候，能再好好地看它一眼。

沿着参道走就能看见阿字池，凤凰堂就矗立在阿字池旁，遗世独立，朱红色衬托了它的宏伟庄严，细雨将阿字池中的绿波打出了一圈又一圈的涟漪。凤凰堂是日本最重要的建筑之一，今日我有幸一睹它的芳容。日币中的十元硬币背面的图案是它，一万日元纸币背面的凤凰也来自它。我看到的何止是一座建立于平安年代的建筑，更是盛唐啊。唐风遗韵跨过了千年，从梦中来到了我的面前。

我依依不舍地离开平等院，往宇治川走去，远远便看到紫式部的雕像。她天庭饱满，面若银盘，象征着智慧与才华。她是日本古时最著名的作家之一，《源氏物语》这部巨作，在她的笔下如同一幅画卷，展开了平安时代达官显贵的爱恨情仇。

告别紫式部的雕像后，我漫步在橘红色的朝雾桥上，朝雾桥得名于宇治川清晨多雾，朦胧多情。平安时代的诗人形容它为“朦胧曙色宇治川，迷蒙雾气断还连”。我拜访的那天也是细雨蒙蒙。站在桥上，只见远处的山峦被湿润的雨气蒸出了白雾，不离不弃地环绕青山，柔和曼妙。与京都或奈良水域都是舒缓的浅滩不同，宇治川水流湍急，日夜奔流，鸬鹚在湍急的水里翻飞游走。

平等院

在《源氏物语》的“宇治十帖”中，有一帖名为“桥姬”。日本古时，人们相信，每座桥都有女神守护。由于这部传世名作，如今只要说到桥姬，大家第一个想到的就是宇治桥姬。桥姬这个章节里面的爱情故事十分曲折、离奇。当时主线的部分已经结束，主角成了源氏的儿子薰君。薰君爱慕八亲王的长女，时常从京都坐船到宇治山庄探望她。长女端庄高贵，气度优雅，但她早就看破红尘。体弱多病的她知道自己会在芳华正茂时骤然离世，所以始终都没有接受薰君的爱情。长女去世后，薰君痛苦万分。此时，小女浮舟出现了。她是长女同父异母的妹妹，面容与姐姐一般无二。在二姐的穿针引线下，薰君见到了浮舟小姐，震惊于她与昔日爱人一模一样的容貌，即刻就将其带回了山庄并与她成婚。可惜，浮舟虽然深爱着薰君，却无缘得到他的爱，新婚第二天，薰君驾车离开了宇治山庄，留她一人独守。

若浮舟能早点知道自己只是个替身，也许就不会那么轻易陷入爱河。在她苦闷之际，生性风流的三皇子得知了她的存在，屡次赴宇治热切追求。寂寞空虚的生活逼得浮舟渴望被重视，于是二人秘密地在一起了。薰君名义上是源氏太政大臣与朱雀帝三公主之子，实际上他的父亲是源氏的妻舅之子柏木。秘密的身世让他变得冷漠残酷，心思缜密。对于浮舟与三皇子的事情，他没有表现出愤怒，而是用一封书信表达了他的鄙视，撕碎了浮舟的心。最后，浮舟在羞愧和绝望下投河自尽。幸好被寺庙的高僧所救，自那后，哪怕三皇子与薰君同时请求她还俗，她也心意不变，心如死灰般常伴青灯直到终老。

这个故事让我深深地为那个年代的女子感到不平。薰君把浮舟当替身，三皇子把浮舟当作玩物，对此心高气傲的紫式部一定也很愤怒，却无奈于当时的风气，于是让浮舟远离尘世。在这场爱情角逐的游戏中，只有清冷的长女，以拒绝与永远离开的方式得到了薰君永恒的思念。

宇治川被桥姬的这段故事渲染得多情多怨，再次到宇治川时，它在我心里不再是单纯的风景，而是千年前的风流。

宇治到处可见茶室，茶室多起名为“某某庵”的雅号，有广间和小间之分。茶居室一般以“四叠半”（约9平方米）为标准，大于“四叠半”的称为广间，小于“四叠半”的称为小间。茶居室的中间设有陶制炭炉和茶釜，炉前摆放着茶碗和各种用具，周围设主、宾席位及供主人小憩的床等。

宇治的茶室多有美丽的庭院，坐在广间面对着窗外怡人的景色，感觉非常惬意。最妙的是微雨时分，雨滴淅沥沥地沿着屋檐落下，完美地契合了茶道中“和、敬、清、寂”的境界。此处盛行抹茶，抹茶源于中国，古人将干燥的茶叶磨成极细的粉，再加入热水，用茶筅快速搅动起泡沫，在宋代被称为“末茶”。

我第一次喝抹茶时，天真地以为，那细腻的泡沫会如奶油般润滑，抹茶的味道也定如抹茶蛋糕一样清甜。喝了一口才知道，完完全全是两回事。茶虽然有浓郁的香气，味道却非常清苦，甚至有点涩，怪不得茶室会在托盘中放几味果子。我忙吃下一口果子，天啊，那味道非常甜腻，苦和甜两种极端的味道搅和在一起，最后回归奇妙的平衡。

读了一些书后我终于知道，抹茶泡沫的细腻程度是古代文人雅士判定斗茶输赢的标准，士大夫们喜欢在茶宴上比谁打的茶泡最均匀且长时间不消散。友人曹君在读研究生时加入过茶道社，说起茶文化来滔滔不绝。他告诉我：“茶事是很高雅的活动聚会。主人先去‘水屋’取风炉、茶釜、水注、白炭等器物，回茶室后，跪于榻榻米上生火煮水，并从香盒中取出少许香点燃。而客人在主人准备茶时，交谈的内容都是称赞主人家的装修品位、茶具的精致、花园的雅静，话题绝对不会有类似于生意、钱财、抱怨等，一言以蔽之，就是，只谈风雅，不谈世俗。主人侍茶的方法保留了百年前的风俗，用茶勺取茶末，置于茶碗中，然后注入沸水，再用茶筅搅拌碗中的茶水，直至茶汤泛起泡沫为止。‘轮饮’是个很特别的风俗，从正客开始，每个人都小口抿同一碗茶，擦拭干净茶碗后，依次递给下一位。大家饮茶时口中一定要发出赞声，表示对主人的感谢。”

“你参加这些茶事时，有觉得日本的茶非常好喝吗？”我好奇地问曹君。

“讲真的，太苦了！特别是轮茶时，半碗茶粉融于几口水中，简直苦死我了。你现在喝的这碗茶，在我看来口味算是非常清淡的了，你还嫌涩呢。”曹君皱着眉头，给我演示当时的窘迫，逗得我哈哈大笑。

果然，喝惯了绿茶的中国人，去日本的茶室喝抹茶，完全是出于对茶文化和唐宋时期文人生活的好奇。但无论如何，在某个茶室中喝茶的感觉很舒适。

奈良的鹿群 / 与盛唐遗风

在奈良住了一周，我的转变是，从一开始在奈良公园看到一只鹿就兴奋地尖叫，到可以和小鹿相安无事地一起散步。奈良的鹿让我此生难忘。

一个清晨，习惯早起避开人群的我正在象鹭池附近看春季最后的风吹雪，忽然响彻天际的鹿啼声一下子惊到了我。回头一看，数百只鹿正撒腿奔向一位老爷爷。老爷爷带领着那一群鹿到了一棵树下，打开包袱，开始喂食。原来他是饲养员，每日负责鹿的早餐。

身强体壮的成年鹿自然能吃上第一口，而机敏的幼鹿也会乘机挤进前排，大家围作一堆，哄抢着吃东西。从我的角度看过去，一排鹿屁股正对着我，连屁股上的花纹都是爱心的形状，特别可爱。

这一周我也算是看见了不少的鹿，有胆小落单的，有仗势欺人的，总之，每一只鹿的性格都不一样。奈良公园入口附近的小鹿最难伺候，乖戾得很。大多数游客会买足够的鹿仙贝给小鹿喂食。不愁吃的小鹿们自然对人们爱理不理，任人如何引诱它们也无动于衷。东大寺门口的鹿最霸道，吃惯独食的它们，只要闻到我包里的鹿饼便一路狂追，咬着我的小包不放。我得花好大力气才能甩掉它们。象鹭池、浮见堂的鹿最可爱，它们远离游客，自由自在地生活着。饿了就啃啃草皮，渴了就喝一口池塘的水。我曾遇见一只年幼的母鹿，从石堆走下水池，每走一步，水塘就会荡起一圈一圈的涟漪。小鹿喝完水快乐地吐着舌头，然后一个箭步就消失在我的视线中。

再往公园深处走，春日大社的鹿懂事许多，也许是神社赐予了它们灵气，它们显得守礼和胆小不少。有些小鹿会躲在神灯后怯怯地看着我。若我把手中的鹿饼给它们看，它们立马会对我点头鞠躬，吃一块，行一次礼，特别神奇。某日傍晚，夕阳西下，阳光透过浓密的绿叶洒下一道道金线，把周围的一切都映得暖暖的。我穿着和服、踩着木屐，把小包里的食物分给鹿苑里的小精灵吃。有一只乖巧的小鹿不吵不闹地跟着我，吃一些点一次头，表示感谢。直到我摊手表示没有啦，它居然也不走，就静静地站在我身边许久，陪我看夕阳和晚霞。事后见过照片的朋友都惊呼：“这只鹿简直就

奈良的鹿乖巧地站在我身边

像是你养的啊，居然如此乖！”

奈良这地方吧，挺有意思的。第一次去，我在中午抵达，傍晚离开。被奈良公园和东大寺的旅行团挤得头疼，觉得极嘈杂。第二次去，住了几晚后竟深深地爱上了那里的光影与宁静。早上不用赶时间，可以悠闲地吃完早饭，在九点左右抵达春日大社。我看到了被金色晕染得闪闪发亮的青苔，橘红色的鸟居仿佛沐浴在神光之中。巫女们开始了新一天的当值，拿着扫把认真清扫着神社内的落叶，时不时愉快地攀谈。

离开春日大社一路步行就能到东大寺。旅人可趁着旅行团涌入前，好好地看一眼这座被列入《世界遗产名录》的神社。离开东大寺的主殿，沿着青石板路上山，熙熙攘攘的人群渐渐地远去，周边的气氛开始变得静谧。

仅几百米的距离，二月堂的清幽与主殿的喧嚣形成了鲜明的对比。二月堂是为举行修二月会而兴建的堂舍，一座木质的楼宇站在山上，铁质的风铃叮当作响，空气中香烟缭绕。我站在阁楼的廊道上，凭栏远眺奈良。东大寺的唐瓦在青翠的树丛中隐约可见，百姓们的房屋一览无遗。这就是奈良，夕阳西下时的它必定美极了。

说起如梦似幻的落日，我在奈良也见过，就在离开关西的前一天傍晚。我走在街道上，行人寥寥，车辆有序地行驶在大街小巷。看着天光如此好，估计能有绚丽的夕阳。我匆匆地跑到车站外的围栏前，看到漫天霞光中一轮红日悬在半空，如炉火般通红。它停在

奈良二月堂，登上能俯瞰奈良

起伏的山峦上方，将余晖洒向大地，丝毫不理会人们对它的留恋，转眼间便头也不回地隐到了山峦之下。

这样的美惊心动魄却极其短暂，一如我爱的京都、我恋的关西。它们一次次在我的旅途中展现无与伦比的美态，却总带着一点距离，若即若离。我始终是要离开它们的，但它们的美永远萦绕在我心间。

第三章

狮城——香苦酸醇皆品味

3 年内，25 000 公里的飞行，度过了 29 天，吃了 87 顿饭，这是我回忆里关于新加坡的数字。这个国家给我印象最深的是丰富的美食种类和其诱人的口味。在异乡工作的夜晚，坐在熟食中心的摊位前，点一份香味浓郁的胡椒蟹，和同事熟络地聊天，再惬意地吸一口柑橘水。这种不起眼的幸福，治愈了我工作的疲惫，让我在新加坡的日子充满了简单的幸福。

这座花园城市曾经被人用“新马泰”这个标签一笔带过。如果不走进它，你会认为它与诸多现代化城市没有大的区别，只是满城的玻璃幕墙建筑加霓虹灯而已。但行走在当地的街道上，你就会发现它与传统国际大都市的差异。在这里，不同肤色、不同语言、不同族群、不同生活方式的人们可以异常和谐地生活；佛家庙宇、印度神庙、清真寺在一条街上都能看到，这就是这座城的魅力。在我心里，美景、美食、人文从来都不是独立存在的。我对新加坡的喜爱随着岁月的流逝而越发浓烈。

新加坡美食荟萃

• • •

娘惹菜 / 新加坡美食的精髓

我每次去新加坡都是出差。这次项目更大，涉及亚太区的好几个分公司。于是我在这个国家，和来自新加坡、日本、泰国、韩国、印度、美国的同事们一起奋战了足足 17 天，度过了像高考般紧张的时光。每周工作 6 天，每天工作 12 个小时，压力让我的感知变得异常敏锐。不同民族的融合和异域文化的碰撞，能迸发出有趣的火花，为人与人的交流增添一抹亮色。这与新加坡的气质非常相似。我一度觉得新加坡是“乌托邦”——走在街道上，可以看到印度裔、马来裔、华裔和欧美裔的人们按照各自的节奏和方式，安心地生活着。包容与创新精神在这里从不缺席。

在工作日，我最期待的事情是每晚去寻觅美食。我不只是为了果腹，更是为了透过美食来体味这个国家的人们是如何生活的。说起新加坡美食和民族文化之间的渊源，第一个浮现在我脑海中的代表菜系是娘惹菜。

娘惹，这个娇滴滴又带着隐约诱惑的名字，是用来称呼马来西亚人和华人联姻后生下的女儿的。当年马来西亚人与华人结合繁衍后代，这种结合创造了一种新的饮食文化。贤惠的小娘惹会在她的厨房中，细细研磨葱、蒜、姜、香茅、辣椒、豆瓣、薄荷叶、亚参膏、峇拉煎、肉桂、兰花等香料，然后把丰富的调料和食材一起烹饪。华人热爱的传统食材结合马来西亚美食文化中的热辣口味，造就了娘惹美食的魅力。娘惹菜不但五味俱全，还具有色彩鲜艳的外观。它以家族传承为主，几乎每一个土生华人家庭都有一本祖辈留下的“家传菜谱”。旧时的娘惹秉承了中国人“男主外，女主内”的传统，把珍贵的一生都奉献给了家庭。娘惹从小便开始学习各种手艺，出嫁后成为善良、贤惠、厨艺高超的女性，为全家做一顿饭，她们通常需要花上半天时间。先手工捣碎几十种香料备用，再用土锅炒制菜肴，汤头则用慢火熬煮。繁复、精致的烹饪手法在旧时光的倒影中绘成了一幅美丽的画面：婆娑的树影映在娘惹的纱制罗裙上，捣香料时的“笃笃”声从厨房中传出，妯娌婆媳一边嬉笑聊天，一边烹饪当天的晚餐。这种充满温情的家庭互动让一天的餐饮既有仪式感，又能俘获全家人的味蕾。

每每想起令人食指大动的娘惹菜，我的口水都会诚实地为叻沙面线、娘惹小金杯、辣椒螃蟹和有着浓浓椰子香味的甜品而流。

“叻沙”由马来语音译而来，中文意思是椰浆面。面的汤料主要是由咖喱粉、虾酱与椰浆组合而成。正宗的娘惹叻沙有香、甜、咸、辣四种味道，入口后香味层次丰富又分明。主材是细白的粗米粉，搭配的食材有新鲜的蛤、油炸豆腐、鱼饼、虾、叻沙面线、豆芽菜等。旅人若要感受浓浓的娘惹文化氛围，一定要到充满古早味道的加东地区。这个区域有一家口口相传的老店，叫 328 加东叻沙，听说城内诸多名人是它的老客户。

我兴致勃勃地一路找寻，终于在一座充满马西亚来风情的骑楼下看到了它的招牌。大堂内人头攒动，找个空位置都很难。我索性和当地人一样，坐在骑楼的檐廊下，一边吹着电风扇，一边用餐。店内招牌菜是叻沙面线。我咽下去第一口，便不由得惊叹："这是什么味道，好奇怪啊？"它不是纯粹的辛辣或者酸甜口感，汤料中弥漫着我从未接触过的香料的味道，味道非常复杂且刺激。面线很松软，被剪成了一小段一小段的，几乎不用多咀嚼就能咽下去。我的口味偏清淡，若让我一下子吃完整碗面线，还真有些挑战。同伴

叻沙面线

来自江西，她的评价是好吃且够味。我每吃一口劲爆的叻沙，就要吸几口清火的椰子汁中和口中的辣味。这种美食体验让我真实地感受到了自己正身处热情的东南亚。

辣椒蟹是新加坡本土的另一道美食，起源于 1956 年，是一位华人女士首创的，她用番茄酱和辣椒炒螃蟹，并用蛋液包裹肉蟹——为的是入口顺滑。创新的烹饪方式赋予了这道佳肴生命力，新菜色一经推出就大受欢迎。后经过无数厨师的改良并传承了娘惹菜丰富、刺激的味道，才定型为现在大家都爱的口味。可以说，新加坡知名厨师之间的较量，便是从烹饪辣椒蟹开始的。哪家饭店的辣椒蟹最好吃，代表哪位主厨最受食客欢迎。

珍宝楼饭店的辣椒蟹可谓远近闻名。厨师会选用新鲜的大蟹，爆炒后浇上酱汁出锅。入口后食客可以感觉到辣味充斥着味蕾，蟹壳上的蛋液带着甜味。除了辣椒蟹，新加坡对螃蟹这味广受欢迎的食材还有其他的料理方式。今年我在当地人的带领下，尝到了其他饭店做的奶油蟹与黑胡椒蟹，其中长堤海鲜坊的奶油蟹可谓美味绝伦。当它上桌后，我的感觉如同追到了暗恋许久的学长，或是摘到了天上的一颗星星，心中幸福地念叨：“终于吃到了！”我们从开吃到吃光，谁都没说话，只是闷头吃。我细细品味它的调味，大厨竟可以把香料和黄油调配得如此柔软顺滑，真是高明。我拿起丰满的蟹肉，蘸着味道浓郁却不刺激的酱汁——柠檬草的清爽带走了奶油的甜腻，让我忍不住再吃第二口。直到最后蟹被吃完，我们仍然舍不得浪费这碟酱汁，都顾不得撑肠拄腹，将配菜炸馒头就着酱汁一起分了。

华友园的黑胡椒蟹同样令人垂涎三尺。饭店在一栋老洋房内。在新加坡知名海鲜餐厅中，华友园的价格是最便宜的，但菜品质量却是出奇得高。一进门，我立马就被店内的超高人气所震撼：室内客满，室外花园也座无虚席。我们好不容易才等到一桌空席，开始点餐。海鲜鸳鸯米粉、草虾、黑胡椒蟹、豆花，每一道菜都色香味美。作为海鲜类别的草虾和螃蟹，食材用料都非常新鲜。我把螃蟹壳敲开，整根蟹腿能完整地拉出来，入口顺滑浓甜。去华友园用餐的那天是新加坡国庆节，我记得傍晚的夕阳和晚霞特别美丽。等我吃完饭赶回酒店时，广场上一场璀璨的烟花盛宴刚刚结束。虽然我错过了盛大的烟火仪式，好在和同事们一起享受了一顿美食，这也算是过节了吧。

我早前在画廊看到一幅新加坡加东地区的版画，那幅画光影斑斓，街道旁矗立着色彩缤纷的骑楼，一位娘惹牵着自家孩童持伞走过西饼店。这幅画让我对这个地区的美景有了幻想和期待。加东是娘惹文化的聚集地，通过它，我仿佛看到一个个土生华人家族的故事在此处上演。时光总是那么温柔、细腻，流过了一代代人的生活和命运。

我花了一下午在街区闲逛，去找寻那份复古味道。如同画中描绘的一般，色彩斑斓的骑楼上镶着精美的浮雕和手工瓷砖。主街上有个通体被粉刷成红色的建筑，沧桑的红墙刚被漆上新妆。它的前身是“加东面包西饼制造厂”，现今被改造成了艺术中心。整条街上能看到不少卖加东叻沙、肉粽、鸡饭、酿豆腐的食肆。南洋咖啡室也还在，累了进去喝一杯浓醇的白咖啡，便能感受本地人最喜欢

色彩斑斓的骑楼

的休憩方式。

为了能更深入地了解新加坡的娘惹文化，我按图索骥，找到了位于加东 / 如切的私人博物馆。如今土生华人的故事和娘惹文化，渐渐从人们的记忆中淡去，很难在市中心繁华地段找到这些元素。让我感到遗憾的是，现代不少发达城市的风格都被同化了——同一风格的摩天大厦，彻夜闪烁的霓虹灯广告，车水马龙的街道。对于从小生活在大城市的我来说，旅行中最能吸引我的，是了解和体验风格迥异的传统文化。

参观博物馆需要提前预约并支付几十新币的门票，它位于一座小小的房子中，一次只接待 4 位游客。这个规则让我有些措手不及，因为我是冒昧来访，并没有预订。好在馆主看我很有诚意，愿意在下午 4 点后让我参观。到点后，我坐下来品尝馆主准备的娘惹下午茶。娘惹点心色泽明艳，十分招人喜爱。馆主告诉我，聪慧的厨师用传统植物染色的古法制作，让每一款娘惹糕点看上去都色、香、味、形俱全。目前广为流传的有菜谱的娘惹点心就有 20 多种，它们用料丰富，如香蕉叶、椰浆、香兰叶、糯米、木薯和椰糖等。这些让人欲罢不能的小甜点，几乎能自成一个派系。

我用筷子夹起一块娘惹点心品尝，散发着植物香气的糯米糕香甜软糯，令我食指大动。馆主见我喜欢，又推荐我品尝了一块被椰丝包裹着的绿色糕点。我以为又是一块糯米糕，没想到稍稍咀嚼，棕榈糖汁便在口中爆开，给了我一个意外惊喜。馆主看我露出了惊喜的表情，和我相视一笑，立马又斟上一壶风味红茶，香浓的茶香化解了糕点的甜腻，一切都搭配得相当完美。

品尝完娘惹糕点与茶水后，馆主引领我参观博物馆。他是个痴迷于土生华人文化的华裔，收藏了许多几十年前的家具和服饰。他给我详细介绍了土生华人的民族渊源、生活习惯和人文特点。

我随着他来到一间客厅，客厅内放满了古色古香的家具，空气中弥漫着檀香与实木清香混合后的迷人香气。我看到红褐色的家具依然簇新发亮，它是当年工匠用昂贵、坚硬的红木手工打造的。它有着精美、繁复的外观，工匠在精心雕刻木料后，将打磨过的珍珠贝壳镶嵌在了雕花中。在古时，富贵家族不但对家具的外观有极高追求，对实用度和创新性也颇为讲究。眼前的这把椅子呈 S 形，男女落座后貌似背对而坐，却转身就能与对方说话，既保持了礼数又方便交流。

娘惹糕点

我静静欣赏这有趣的椅子，红木的色泽赋予了它历久弥新的美感。在文艺复兴时期的欧洲，许多贵族喜爱坐这种设计的椅子，我曾在法国博物馆见过。可见当年下南洋的华人，受到了马来西亚、中国、西洋等多种文化的熏陶。

私人博物馆中还收藏了许多珍贵的老照片。古时大家族拥有最高地位的是家中的祖辈老太太，在开家族会议时，她们会穿着华丽的长袍端坐在交椅上。照片中她们通常手握一块厚布。我好奇地问馆主："那厚布是做什么用的？"

"那不是厚布，是毛巾。"馆主微笑着回答我。

"毛巾？"我好奇地挑眉问道，"不是有专人服侍老太太吗，她拿毛巾是用来擦汗的吗？"

"哈哈哈，你猜不到吧，这毛巾是老太太觉得谁藐视了她的权威时，拿来抽人的。这可是她维护尊严与地位的手段啊！"我听后啧啧称奇，不由得对当年她们的生活状态产生了浓厚的兴趣。旅行是一本书，有趣的经历为我们打开了新鲜事物的第一页，要深入了解，还是得回去多研读历史。

谁能想到，马来西亚人与华人结合的娘惹文化，成了 1965 年这个岛屿被动从马来西亚脱离，成为一个独立国家的原因之一。时任新加坡州长的李光耀，极力倡导民族融合共存，并且不断争取华人的权益，致使当局者担心华人会在马来联邦中权力过重，于是将

♦ 穿着娘惹服饰的新加坡女子

新加坡正式“踢”出了马来西亚联邦国。新加坡刚建国时，一穷二白，自然资源匮乏，经济落后，不同种族之间还时不时闹矛盾。困难的环境下反而激发了新加坡人奋发建设家园的决心。6 年后，新加坡从一个小小渔港变成世界贸易大港。

为了纪念漂洋过海求生存的祖辈，建设者将一座雕像立在了城市中心。它的上半身是威武的狮子头像，象征传说中圣尼罗乌达玛王子抵达海岸时看到了狮子的传说。下半身是包裹着层层鳞片的鱼尾，象征新加坡人自由驰骋在海边的精神。如今它已站立在滨海湾 40 多年了，从狮子口中喷出的“发财水”几十年来从未断过。

若说滨海湾是新加坡最繁华梦幻的地方，应该没有人有异议。最好的资源、最棒的展览、最贵的酒店都聚集在此。它也是游客必去观光的地方。夕阳西下，漫步在螺旋桥或是海滨路上，看着阳光把青绿色的玻璃幕墙晕染成金黄色，感觉非常温暖。

阴天的滨海湾有另一种美。白天，阳光躲藏了起来，灰蒙蒙的天笼罩着大地。入夜时分，我静坐在滨海湾旁，随着夜深，天空从白灰色渐渐过渡成深邃的蓝，路灯与建筑外墙的灯光纷纷亮起。那是一种从阴郁到万家灯火的变换，仿佛人只要熬过困难的时光，温暖的火光又会回来。这种变化很符合这座城市的历史。

• • •

马来菜系／娘惹美食的母系

新加坡分公司的办公室中，有个马来裔女性与我有颇多接触，我叫她 Sa 姐。单看 Sa 姐的长相，真没办法和马来西亚电视剧中柔美又贤惠的女性形象联系起来。Sa 姐面部轮廓分明，线条坚毅，化妆后，眼线黑长，大红色的嘴角微微下垂。说起话来，嗓门大到方圆 30 米内都能听得一清二楚。哦，对了，我以前偷偷地叫她“投诉姐”。

去年夏天，我和搭档小韩把新加坡的财务业务转到了上海来做。工作量并不大，难度也不高，上海团队特别是小韩，却在最初的几个月收到不少投诉，其中Sa姐就“贡献”了一大半。每次去新加坡，我对她的态度只是客气却不多话，在我看来，只要Sa姐不生气，这世界就很美好。

某天中午，我和一起过来出差的同事小玉吃完午饭在会议室休息，Sa姐颇有气势地推门而入，手上提着两个装着东西的袋子，大大咧咧地说：“小玉，这个是给你的，另外一个是给负责新加坡业务的小韩的，我不想寄快递了，你帮我带回去。”基于长期以来的印象，我和小玉的第一反应是，这些是财务资料，大姐让我们人肉背回去。小玉这实心肠的孩子居然说：“我行李塞满了，Yoki是小韩的上司，他那份让她带回去。”

我如果再细心一点，就能注意到Sa姐化着浓妆的脸庞略微有些尴尬，但我也没有多想，便把小韩的东西接了过来，感觉不像文件，分量有些重，还四四方方的。当天晚上，为了将它塞进我那鼓鼓囊囊的行李箱，我把厚重的包装拆了。里面包着的不是文件，而是一瓶马来西亚特色酱料！还附有一张明信片，上面写着：“韩，Thank you！”

原来Sa姐当时的尴尬来自她没有给我准备礼物，却让我转交礼物。原来Sa姐一直记得，去年小韩和我过来出差时，对马来西亚风味的酱料赞不绝口，临走前去超市买了许多带回家。

在新加坡，马来西亚文化的浸润是无处不在的。马来西亚菜系是娘惹美食的母系。我作为一个普通食客，没办法马上分清两种美食，很多饭店提供餐点时也并不把它们刻意分开。两者一脉相承的风味，总能让我品尝到相似的味道。

典型的马来西亚美味有椰浆饭、肉骨茶、虾面、沙嗲肉串、罗惹、马来摩摩喳喳和煎蕊。

椰浆饭，顾名思义就是用椰浆烹煮米饭，厨师会在米饭出锅后，加上香兰叶略微调味，赋予米饭扑鼻的清香。单听名字，人们很容易将它和泰国的杧果椰酱饭混淆。实际上，两者口味大不相同。一盘马来西亚椰浆饭里通常有黄瓜、小凤尾鱼、花生豆、鸡蛋、腌菜与辣酱料，也可以有别的配菜，如鸡肉、章鱼或乌贼、炸鱼、牛肉咖喱等。入口时，椰子的味道并不浓，复杂的口感更多来自香料。

虾面是另一道比较有名的马来西亚菜，主要由虾、米线、面组成。它反映了福建人到马来西亚的槟城后生活的艰苦。当时的居民把打捞上来的鲜虾肉献给了统治者，自己只能把虾头、虾壳留起来熬汤，这个传统渐渐地发展成有当地特色的福建虾面。一碗正宗的福建虾面，浇头必须有去壳的鲜虾。汤底是用带虾头、虾壳的鲜虾与虾干，加入鱼干熬制出来的，佐以蟹柳、鸡蛋、蕹菜、豆芽与葱花等配料，香浓又够味。

沙嗲肉串是另一道广受欢迎的马来西亚美食。主厨将新鲜的牛羊肉用沙嗲酱腌制好，然后放在炭火上细细烘烤。我很喜欢沙嗲酱汁，它看上去是辣的，吃下去其实是有层次的甜味，每次配上啤酒来上几串，真是快哉。

卖沙嗲肉串的饭店，都会卖罗惹。我第一次见到罗惹这道菜时，面对一只大空碗不知所措。新加坡好友耐心地为我讲解。原来，要吃一顿正宗的罗惹需要自己动手。马来语中“Ro-jak”是大杂烩的意思。自己可以把菠萝、青杧果、黄瓜、鱿鱼、莲雾、油条等配上虾膏酱放在碗中搅拌，再按照本人的口味加入碾碎的花生和芝麻。

某个周日的下午，连续加班的我终于处理完了所有的邮件。关了电脑，像逃跑一样远离金融区，来到充满了马来西亚风情的哈芝巷。哈芝巷是一条可爱的小街，近两年才从老街道逐渐变成个性小店和特色餐厅一条街，大批本土设计师和年轻创业者的进驻使这条旧巷获得了新生。它位于甘榜格南（马来社区的名字）的中心。

甘榜格南说起来有些拗口。Kampong 在马来语中是村子的意思，这个村落盛产 Glam。Glam 是木质坚硬的树，当地人将它的叶子蒸煮后榨油，将它的果子晒干碾碎后制成黑胡椒粉，将它的枝干用来造船。莱佛士爵士给此地取名为甘榜格南（Kampong Glam），它也成为新加坡马来西亚人的聚居区。每年穆罕默德诞辰，这里常会举行街头庆祝活动，来自岛国各地的马来西亚人齐聚干达哈街，如嘉年华般热闹。

在英国人到来之前，新加坡曾被马来西亚皇族统治数年。当时，甘榜格南是马来西亚皇室的活动中心。随后，阿拉伯人来此经商，风火过一时，从亚拉街、巴格达街、干达哈街等名称中还能依稀感受到那时的繁华与风情。现今老街已被翻新，披上了鲜艳色彩，不让车子通行的街道种满了很有热带风味的棕榈树。周围有很多美食店，整个街区充满异国情调。

清真寺对面的店铺售卖各种传统物品，如衣服、手工艺品、家具和首饰等。街区内还有个马来文化博物馆，旅人有空可入内学习这段历史，新加坡此行真是让我长了不少见识。在不同民族的聚集地，看到宏伟的宗教建筑，还能身临其境地领略民族风情。短短的一条街，能找到许多与马来西亚人有关的各种日常生活用品。各式各样的藤制品好看又实用；充满了异域风情的真丝地毯买来送人十分合适；量身定做的香水，香气浓郁，香水瓶的设计也很有特色，像是从《一千零一夜》故事中带回的宝物。

若想品尝传统的马来西亚美食，可去干达哈街。新加坡的雨季晴雨不定，前一分钟还是蓝天白云，后一刻可能就会乌云压顶，或小雨淅沥，或大雨倾盆。我站在骑楼下面，躲了一会儿雨。淅沥沥的雨丝从屋檐处如银线般贯穿而下，形成一方水帘。时光如偷来的一样安静。不远处传来了新加坡歌手孙燕姿的歌声：“我怀念的是无话不说，我怀念的是一起做梦……”这段午后歌声直接把我拉到充满梦想的青葱岁月。我沿着骑楼漫步，丝毫不担心调皮的雨滴来打扰我。过了几个门洞，我又被一阵阵饭香吸引。只见一位大厨悠闲地一边哼着歌，一边炒菜。我努力辨识他在做什么菜，那香气是

居住在新加坡的马来西亚老人

马来西亚甜品煎蕊与凉粉

新加坡的清真寺

那么得勾人，充满东南亚特有的醇香和热辣。

不知为何，没到饭点，就是想吃东西！骑楼被一根根柱子和屋檐围成一个小城堡，饭店、小商店、人家在同一栋建筑内和谐共存。我随便走进了一道门洞，墙上挂着辣椒香的名字，英文招牌上写着马来餐厅。我想吃点甜的，马来西亚甜品中，我最爱的是煎蕊和凉粉。

煎蕊的色泽永远都是那么鲜艳动人。我用勺子大力地挖出细碎的刨冰，送入口后是极其浓郁的椰浆和绿豆的香味。马来甜品和它的主食一样，味道充满了冲击性，让人难忘。黑糖凉粉上面铺满了果脯，口味相对比较清淡。煎蕊越吃越浓郁，凉粉却慢慢变淡，我玩性大发地把两者融在一起食用，这样的小创新让我有点开心。我想，那天下午三点半，餐厅服务员一定会观察到，一个只想独处的女生，贪心地点了两份甜品，悠闲地吃着，任性又惬意。

• • •

印度文化
新加坡多民族文化的半壁江山

新加坡的人口主要由华人、马来人与印度人构成。其中，印度人是新加坡的第三大种族。新加坡也是海外印度人口最多的国家。我对印度悠久的历史和璀璨的文化一直很感兴趣，可惜由于种种原

新加坡的印度神庙

因至今无法深入了解。位于新加坡的印度社区成了我了解印度文化的好去处。“小印度”是新加坡印度族群的聚集地，犹如印度的一个缩影。

一进入“小印度”，一股浓烈的香料气味便扑面而来。街上贴满了印度美女的宣传画。卖宝莱坞电影票的小店和穿着宽大修长的沙丽的印度丽人随处可见。

为什么新加坡会有这么一个“小印度”呢？1819 年，莱佛士爵士的船航行到了新加坡，随行的队伍中有很多来自印度的雇员和士兵。后来他们就成了新加坡土地上的第一批印度移民。随后，前来定居的印度人越来越多，渐渐聚集在“小印度”街区生活。

我从竹脚市场出发，沿实龙岗路走了两三分钟，左手边便有一座印度寺庙特有的富丽堂皇的门楼，它是维拉玛卡里雅曼兴都庙。雕刻在门楼上的印度教诸神与神牛、武士等，在阳光的照耀下闪闪发光。寺庙周围的墙壁都被涂成了红白色，极富喜庆气息。这是我生平第一次看到印度神庙。年初虽在柬埔寨看了不少印度教的建筑，但是由于战争和岁月的磨砺，它们基本只剩下遗石和古树，与此地的热闹鲜活截然不同。

抱着好奇之心，我脱鞋踏入印度庙内，只见善男信女席地而坐，大朵莲花栩栩如生，开满穹顶。墙壁上仙女与神兽的雕塑比比皆是。神庙并非全封闭，中间有个庭院。鲜花与水果有序地被供放在神像前。穿着传统服饰、眉宇间有红色印记的印度祭司正在为人们祈福。

神庙周围是商业街，有很多卖漂亮花串的铺子，为参拜神像的信徒们提供贡品。还有许多印度风情的小店供人挑选心仪的物品。我的经验是，购物需理性。除非碰到了非常中意、非买不可的印度纪念品，或者是要定做一条古色古香的传统沙丽，这样在此处花钱才值得。“小印度”社区卖给游客的商品价格偏高，这是我去了新加坡很多次后慢慢发现的。

印度移民在新加坡迅速生根，在新加坡街头随处都能找到印度朋友。我有幸结识了不少印度裔的新加坡人。Lila 是一位在新加坡工作、生活的印度裔女性，我们经常聊天。

“我不想回印度，我喜欢待在新加坡。要知道，回老家我是没有办法连续工作 20 年的。”Lila 今年 50 岁左右，是公司的资深员工，她扶了下眼镜，和我说这话时眼神坚定。

我相信她说的是事实。2016 年年底，我为印度分公司连续电话面试过一个月应聘者。7 个空缺岗位，56 位应聘者，只有两位是女性。哪怕是在其他国家都是女性的团队，在印度分公司，也清一色都是男性在工作。

“那么，Lila，你是什么时候来到新加坡的，你出生在这里吗？”我递给她一杯咖啡，问道。

"我是随我的父亲来的，那时候我才 10 岁，我父亲被外派到新加坡工作。我本来以为成年后要回去，没想到后来嫁给了一个华人。"Lila 说起家庭，眼中露出了温柔。

"是吗！"我挺诧异的。虽然不同肤色、不同民族的人生活在这里，但结伴而行的情侣还是以同一种族为多。

"那年我在政府警察局做接待员，我丈夫正好来办事情，我俩就认识了。后来，我们在朋友的聚会上又遇见了，他开始追求我，不久我们就陷入了爱河。要知道，嫁入他家的过程并不简单。第一次去他家做客，他家兄弟用潮汕话排斥我，我听得懂一点，一气之下就走了。他母亲追上了我，真诚地安抚我，我才回去继续吃晚饭。我爸爸知道我们恋爱后坚决反对，主要的原因还是不想让我在华人大家族做媳妇。"Lila 说起往事，停顿了一下，抿了口咖啡。

我不由得坐直了身体，认真听了起来。"后来呢？"

"后来我们骗双方家长说，我怀孕了，必须结婚。在那个年代，流产是不被社会舆论允许的。也巧，我们一结婚，宝宝就来了，也算皆大欢喜。后来有了住房分配制度，我带着一岁的孩子和丈夫搬出了夫家的老屋，去住政府给我们的组屋。房子不大，但是有电梯，不漏雨，还能过小家庭的日子，我很开心。等孩子上了幼儿园，我便转行去了企业上班，直到现在。"感谢 Lila 分享了一段这么有意思的经历给我，让我了解了印度女性在新加坡的生活和工作状态。我们相约下班后一起吃饭。

◆ 调味繁复的印度料理

◆ 印度咖喱鱼头

印度美食博大精深，在新加坡，最流行的是各式印度面饼，类似于中东袋饼的Nan，是从中东地区经旁遮普省开始进入印度的。口感很松软，是印度最经典的主食。印度面饼的口味很多，除了原味外，还会加入吉士、蔬菜、椰子等佐料，口味有甜有咸。面饼最地道的做法是，将它贴在坦都炉壁内烘烤，许多印度家庭喜欢去餐厅享用。

恰巴提是印度最普遍的全麦面饼，嚼起来很筋道。它用没有发酵的面团烘烤，饼皮更为扁平，口感略干，需要配合菜肴食用。搭配面饼的菜肴通常有咖喱鸡或咖喱牛肉，口味略酸。印度香料的神秘味道在每一道餐食中都能体现出来，辛辣加酸咖喱的味道在口中燃爆。

我们选择坐在餐厅院子里的月光下用餐，在黑漆漆的夜里，服务生体贴地在菜单上夹了一个小灯给我们点餐，并恰到好处地挪开座椅，方便我们入座。印度菜的口味一如这家餐厅的装修风格，浓烈，充满冲撞感。每道菜都不缺芬芳浓郁的香料。我们将薯仔煮椰菜花上铺满淡咖喱与罗望子酱，然后用一块薄饼卷起来吃，微辣中透着酸劲，十分刺激食欲。令我印象深刻的还有一道牛油鸡，乍一看，鸡肉浸没在油亮的酱汁中，我无法判断那红色的酱汁内放了多少红辣椒粉。尝试性地挖了一勺放入口中，番茄、牛油、奶酪、生姜、蒜蓉包裹着鲜嫩的鸡肉在我口腔中打架。时至今日，我已经想不起那家餐厅的名字。但那晚的白月光与欲罢不能的味道，在我心里留下了深深的印记。

口味清淡的华人可能吃不惯印度菜。当年印度的迁徙者来到新加坡后，根据当地的特色食材结合自己的口味创造了一些耳熟能详的新加坡菜肴。比如，在芽笼轻易能找到的美味“咖喱鱼头”就是其中之一。咖喱是地道的印度调料，而鱼头是在菜市场颇受欢迎的食材，二者走到一起，的确是新加坡独有的一道印度佳肴。经过多年的改良，咖喱鱼头的名声已广为传播。这道洋溢着印度风味的佳肴，通常以一个大石斑鱼头或红鲷鱼头为主料，厨师会先用姜葱蒜爆香，再用浓稠的咖喱酱汁焖煮鱼头。鲜嫩的鱼头加上香辣的咖喱汤，辣中带甜，香味浓郁，鲜辣够劲。

• • •

华人美食／下南洋后得到了传承

Jenny 是我在新加坡要好的华裔朋友之一，我的一位职场教练和我说过：“做管理层的一般分两种风格，一种是专家型，业务比谁都精通，但是抗压能力和应变能力不行；另一种是软实力很强，交际、演讲、培训、管理能力都高人一筹，但专业能力没有前者强，只是不拖后腿而已。但凡这两个能力兼具，在职场的发展将无可限量。”

我用这个标准衡量 Jenny，她明显就是后者。作为公司南亚地区的财务总监，她的业务能力不算好，我们经常要和她一起去纠正错误。不过，她身上有一种人见人爱又机灵的气质，很是有趣！Jenny 拥有明亮的眼睛和上翘的嘴唇，一笑起来，8 颗整齐的牙齿白得发亮，瞬间让人什么烦恼都忘记了。

在新加坡华人圈，我一直有这样一个小烦恼——当我看到一张华人面孔想说普通话时，对方却和我说英文；当我准备一视同仁地全说英文时，对方又会说和我是同乡，和我说中文。我至今找不到规律迅速辨别对方的母语。Jenny 的中文是我见过的华裔中最好的。不但语法正确、表达流畅、反应迅速，更难得的是，她能听懂俚语和成语，这点让我很吃惊。有次我忍不住问她为何中文这么好，她开心地和我说："Yoki，我出生在（20 世纪）70 年代，那代人很受华人文化影响，我小时候一直看金庸、琼瑶的书，还参加过华人诗社。可惜，越来越多的新加坡年轻华裔的中文在慢慢退步，他们只会简单地交谈，要表达稍微复杂点的意思就要说英文了。"

我深表赞同。沟通顺畅的我们，整天凑在一起聊天。她在吃喝玩乐界是一把好手，新加坡哪里好玩，哪里东西好吃她都会告诉我。开始几天我还做些旅行攻略，后来我们的日常对话就变成了："Jenny，今天晚上我可以去哪里吃，给一个方案。""Jenny，来，给一条新加坡小众景点路线，我不要去滨海湾了，想去绿化好、人少、有趣的地方走走。"Jenny 听到我的要求，总是身板一直，麻利地把地址和网页链接发我邮箱，再滔滔不绝地给我推荐。

周六加班，有 Jenny 这个精通吃喝玩乐的开朗同事在，气氛便没有工作日那么紧张了。

要找寻正宗的华人美食与建筑文化，牛车水当仁不让地成为我的第一选择。牛车水（Chinatown）是指新加坡唐人街，名字的来历是当时没有自来水，借助牛车运水的情景在唐人街非常普遍，人们便称唐人街为“牛车水”。“下南洋”自明代中叶开始，持续了近 300 年。当年新加坡以华人为主，约占总人口的 75% 以上。下南洋的华人先祖们，用自己的双手和血汗在新加坡奋斗出了自己的一片天地，这种精神让我敬佩。

在我眼里，牛车水是现代与传统、富贵与市井交融的大社区。在大街上看到中国式建筑群时，牛车水社区便到了。它不但象征着繁荣和我们华人的辛勤，也是个吃货必去的地方。一条史密斯大街汇集了数以百计的佳肴，等待着热爱中国美食的人。夜市的牛车水灯火辉煌，有点像中国的庙会，爱吃中国美食的旅行者在此流连忘返。

夹馅豆腐（客家酿豆腐）是传统佳肴。虾米、猪肉、香菇被妥妥地包裹在豆腐内，入油锅被炸成金黄，再浇上酱汁，口味鲜美异常。

一碗来自中国南方的鸡饭，让我在异国他乡吃到了家的味道。海南鸡饭起源于我国海南省文昌市，选用当地产的文昌鸡做成白斩鸡，斩块后，配上用鸡油浸润烹煮的米饭，再搭配一碟用蒜泥加上酱油和辣椒调成的蘸碟，鸡肉鲜嫩，蘸汁味浓，油香可口，当成正

牛车水

餐吃再合适不过。

活田鸡粥，意味着新鲜。只有新鲜的田鸡才有与生俱来的香味与韧性，也更富营养。砂锅内盛满了色泽诱人的田鸡，嫩到用筷子轻轻一夹就能骨肉分离，入口却很有弹性，一锅白粥铺点姜丝和葱末以便充饥。

新加坡有一家性价比很高的米其林一星摊铺，位于牛车水大厦熟食中心，名叫了凡香港油鸡饭。我兴冲冲地来到了凡香港油鸡饭大排档前，被眼前排队的长龙震惊到了。掐指一算，就算能排到我，弄不好鸡也没有了，于是我赶紧转战史密斯大街的分店。两者相距不远，步行也就五分钟。史密斯大街的分店门口虽然也有长龙，但位置多，流动快。如果没有米其林情结，倒是可以到分店来食用。我相信味道应该是一样的，而且只要等待十分钟左右就能进店。

这是一家快餐运营方式的饭店，有几位小哥在认真地处理油鸡，直到每天挂在厨房的鸡卖完为止。我几乎把菜单上的品种都点了一遍，总共花费不到三十新币，十分划算。大快朵颐后，我直接吃撑。就凭这口味我也要真心实意地推荐给朋友们，油鸡外皮焦脆，鸡肉滑嫩，提前腌制过的肉口感鲜美浓郁。入口先是有些甜，然后被层次丰富的鲜味盖过去。老板腌制油鸡是有秘方的，据说价值 200 万新币。除了招牌的油鸡饭，叉烧、米粉、蔬菜和洛神花茶也都很美味。

了凡香港油鸡饭

在美食中心劳作的摊主

熟食中心是新加坡老百姓的食堂，它们分布在每个热闹的街区。本地人喜欢在下班后，携家带口地去相熟的摊铺吃一顿价廉物美的佳肴。摊主们兢兢业业地守着传承下来的食铺，为忙碌了一天的人们准备可口的食物。犹记得我第一次去熟食中心，看到桌椅都是简洁的塑料款式，服务人员忙碌地收拾着餐盘，熙熙攘攘的当地人手拿餐盘穿梭在室内，大声吆喝着点餐。

看到这简陋的环境时我有些纠结，怀疑大排档式的运营不会带给食客舒心的体验。时间一久，是一份份从不失误的鸡饭，一杯杯浓醇的混合果汁，一道道住家饭般温暖的小菜，让我渐渐地爱上了新加坡独有的熟食中心文化，如今我每次进入熟食中心都会非常快乐。因为至少有上百家摊铺售卖着自己的特色佳肴，每一位摊主都是新加坡美食的代言人，他们用自己的手艺让我在异乡过得像个美食家。

某一天，我约了许久未见的好友在熟食中心见面。我惊讶地发现，好友的肚子鼓了起来，这是怀孕了呀！细细算来，好友嫁到新加坡一年了，我真是为她开心。

“告诉我，嫁给新加坡人感觉如何？”我开心地握着好友的手问道。

“挺自由的，但有时候太自由了。比如，我婆婆从来不管我们，不干涉我们的生活，同时也从不帮助我们分担压力和家务。我们分开住，她住组屋。组屋虽小却方便，楼下全是饭店和便利店，地理位置和公共设施也比私人住宅完善。我们婚前买了套商品房，价格很贵，但房型和外观很符合年轻人的需求。我婆婆喜欢住在她自己的房子里，不怎么到我们这边来串门。”好友喝了口果汁，徐徐道来。

“那你现在怀孕了，你先生出差时她也不帮你吗？”我关心地问道。

“我觉得新加坡人的观念与我们的不同，他们没有家庭包袱，我和婆婆提起过，最近晚上没人煮饭，她让我自己去熟食中心买吃的去。”好友耸了耸肩膀，“你知道吗？在新加坡饭店吃饭不算便宜，还要加服务费，不适合每天去吃。我们晚上从来不做饭，都是去熟食中心觅食，一顿饭 5 新币就能搞定。很多摊主是做了几十年的人气厨师，口味把握得很好。‘了凡油鸡饭’最早就是熟食中心里面的大排档，这种私房排档我还知道很多。但是，再便捷的食堂也抵不过在中国家乡妈妈煮的一顿饭，嫁到异国我才发现，妈妈烧的家常菜比所有的米其林餐厅做的都好吃。”好友抚摸着肚子，眉宇间充满解不开的乡愁。

我也沉默了，对我而言，来异国寻找当地美食是新奇的体验。而对离开家乡的人来说，没有什么菜肴比故乡的味道、妈妈的味道更让人依恋了。

无论是深度游还是短期停留，新加坡作为一个凝聚了民族精神、蓬勃向上的国家都值得一去。这里有多元的文化与地道的美食，在此世代生活的人们见证了历史的变迁与文明的发展，也产生了凝聚力。如果有机会，你会去新加坡吗？

第四章

沙巴霞满天

——鱼香饭细奶茶浓

我问过许多人：“在旅途中，哪个瞬间让你觉得最美好？”得到的回答各不相同。

有人告诉我：“当然是看到心驰神往的风景时。”

也有人说：“吃到一餐异域的美食盛宴时最开心。”

美，这个抽象的词，从古希腊开始便用来形容人的感知。在旅途中，我会用听觉去聆听树上鸟儿鸣出的欢乐乐章；用味觉去品尝当地的美食佳肴；用嗅觉去感知花朵的香气；用视觉去欣赏森林和大海，朝霞与夕阳。当然，更会用心体会旅行带给我的感悟并思考如何做更好的自己。

打开所有的感官去旅行吧！这个秋天，我在沙巴彻底打开身心，拥抱风下之乡所有的美。

• • •

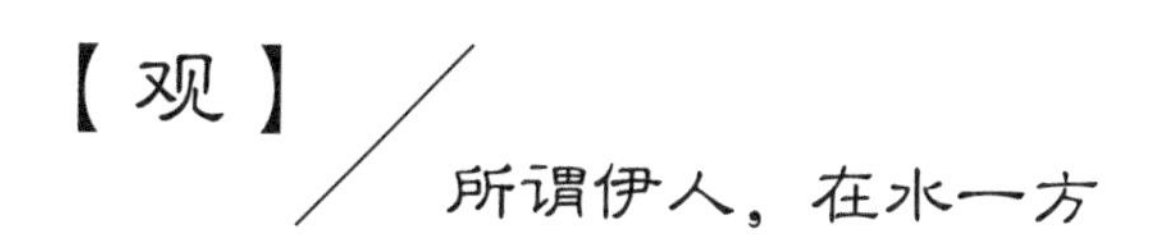

有多少次，我们对旅行的心驰神往，是从一张照片开始的。多年前当我看到一张来自沙巴的明信片时，心中便产生了无限向往。明信片上，一位黝黑的马来西亚少年对着镜头质朴地微笑着。他穿着黑色镶金边的民族服饰，腰间和头部缀满漂亮的羽毛。热情的鸡蛋花树像一把伞庇护着他，他身后的海面纯净、透明，如同蓝宝石一般。

是一片什么样的神奇土地，能有如此热情的民族风情与得天独厚的美景呢？在一个潮湿、温热的夜晚，我抵达了有“风下乡土”之称的亚庇，找寻心中的答案。第二天一早，告别夜航的疲惫，我被从窗帘缝隙洒落的一缕阳光唤醒。打开窗，外面的风景果然没有令我失望，独属于东南亚海岛的蓝天白云与凉爽的海风向我扑了过来。我迫不及待地换上夹脚拖鞋出门，用脚步丈量这个城市。

亚庇又被唤作哥打京那巴鲁，有些长的原名被聪慧的人们起了个昵称——KK。在堤岸边，大大的 I Love KK 雕塑成了旅人络绎不绝留影的景点。我懒洋洋得像一块融化了的黄油，伏在海边围栏上尽情享受着阳光与椰林。

看着眼前的美丽海洋，我心里是有些骄傲的，南中国海是那么蓝。它是《山海经》之《海内南经》中的朱崖海渚，也是《苏莱曼游记》中的涨海。这片古老的海域从祖国南部开始流淌，最后与太平洋和印度洋交融。它经历了岁月的洗礼，还是如此纯净。

南中国海将马来西亚分成了东、西部分。在彼岸的西马来西亚，槟城、吉隆坡、马六甲这些我们的祖先下南洋时主要涉及的城市有着诱人的娘惹文化与中马合璧的建筑和美食。我脚下的这片土地，是拥有亚庇、神山、山打根的东马。这里有我向往的土著文化，神秘的红树林，漫天飞舞的萤火虫，宝石般的海面与举世闻名的灿烂晚霞。

旅行中的人，快乐来得特别简单，看到海蓝、白云，便笑了。

我沉溺在这片蓝色海域的魔力中不可自拔。每日清晨和日落时分，我都会在沙巴海边散步。在沙巴州，无论是在繁华的亚庇市还是周边静谧的度假村，永远不缺乏深深浅浅的蓝色。我发现沙巴海滩有着别样的美。它靠近陆地的沙滩地势特别平缓，在潮水涌来与散去的瞬间，海水依依不舍地抚过洁白的沙子，留下镜子般光洁的滩面。

我们何必千里迢迢地赶赴乌尤尼盐沼去寻找一面天空之镜呢？在这里，大海与天空已经融为一体，同样蔚蓝，同样浩渺，仿佛有一只神奇的魔力之手将海天一色的美景反射到了地平线的另一端。

地面是天空的倒影，似真似幻。待到夕阳西下霞光满天时，我们看到的是辞藻形容不出的梦幻场景。

沙巴是个很容易看到双份美丽的地方。海边有平滑如镜的沙滩，亚庇市有矗立在水一方的清真寺。岸边洁白的建筑与池塘上的倒影像一对双生姐妹花，一个深沉稳重，一个绮丽迷离。

我站在对岸看着它们，等着夕阳。上一刻还是晴空万里的好天

有着镜面效果的沙滩

沙巴清真寺，又称水上清真寺

气，让我信心满满地觉得，今日定能见到漫天的火烧云，不料黑色的积雨云迅速向着清真寺的上空聚集，浅蓝色的天空迅速阴沉了下来。太阳虽然被厚重的云层盖住，但仍倔强地散发着光与热，它缓慢降落，寻找云的缺口。只要让它露出片刻，金色的霞光便会立刻洒向洁白的清真寺。这是一场阳光与云雨的较量，不过五分钟，另一个方向传来了轰鸣的雷声，一场大雨倾盆而下，我忙不迭地躲到芭蕉树下。

没多久，雨停了下来。我怀里揣着相机，蹑手蹑脚地绕过水塘，再看一眼天空与清真寺，暴雨后的风景让人惊叹。红霞蔓延在天际，一道彩虹挂在芭蕉树与一团云层之间，像一把通向天堂的梯子。此刻的清真寺是一位绝代佳人，她身后的背景变得华丽唯美，她仪态万方地屹立在水一方。这一刻，“鸟飞天外斜阳尽，人过桥心倒影来”的景色，在我的眼前定格了。

这个日暮，我见证了日落到天色渐黑，乐声从清真寺传来，悠扬的旋律回荡在天空，经久不散。

• • •

【味】/ 鱼鲜饭细奶茶浓

手机传来闺密的消息：“亚庇咋样，好玩吗？”

“亚庇很好吃。”我回复道。

“答非所问，你天天就知道吃。”闺密发送了个鄙视的表情。

旅行的人在外面，可以不登山不下海，可是如何能绕开“吃”呢？人的味觉在一个陌生的地方会变得异常敏锐，也更容易碰到平时在家吃不到的味道。

千万不要小看味觉在旅途中的作用，如果到了一个地方，连一口当地食物都吃不下，你会觉得自己被陌生的城市深深地排斥的——好似你去别人家做客，主人却对你视而不见。如若在一个大合胃口的地方停留，就算景色尔尔，回家后你还是会怀念那个地方。想当年，苏轼被一路贬官至惠州，却还写出“日啖荔枝三百颗，不辞长作岭南人”的诗句，这是对人生挫折的蔑视，表达了“我在这里吃得很好，开心着呢”的心情。

走在老城的道路上，随处可见被晒干的渔产。小侯是亚庇华裔的第三代了。在逛他的海鲜店时，他悠然地问我：“你会说中文吗？”这句话开始了我们的交谈。

“你喜欢生活在亚庇吗？”我问他。

“喜欢啊，不然也不会不去其他大城市工作。这里的生活很慢、很惬意，没有烦恼。我喜欢这里的海，经常带着女儿去海边，一头扎到水里游泳。”他一边说一边给我看刚刚晒好的大乌参，“我

当地海产店

运冰的渔民

家的渔船就停靠在马路对面的码头，我们把捕获的海鲜送去饭店一部分，剩余的晒干。”他指了指对面的码头，愉快地向我介绍着。

我在小侯的店铺里买了些鱼干，告别时他再三嘱咐我："一定要尝尝老虎虾和肉蟹。我们每日清晨会将最新鲜的海鲜从码头的渔船上运到饭店。”

我过马路去看当地渔民的船。它们停泊在海湾，随着海浪摇摆，阳光打在水面上，将光线反射到船头，光斑调皮地在船上跳舞。几个渔民正通力合作，把冰块合力运到船上，辛勤的汗水滴落在他们的肩背上。另一艘船上的渔民刚刚出海归来，盘点着当日的收获，并从一桶桶海鲜中挑选食材作为当天的午餐。

亚庇作为渔业的兴盛地，海风与烈日赐予了亚庇人黝黑健康的肌肤与勤劳的双手。当地人世世代代的辛勤劳作也成就了渔港的兴旺，这就是人与自然的和谐关系。

以前听老人说“靠山吃山，靠海吃海”，当时感觉这只是一句大白话，并未深入理解它的意思。出门旅行多了，渐渐理解了这句话所包含的哲理。大自然的不同地貌赐予人类不同的生活条件，而定居在那里的人们便将这份恩赐变成繁衍生息的基石。

来到渔港，必定要品尝一下这里丰富的海产，第一顿我就去吃了当地人推荐的老虎虾。沙巴州的虾有斑纹，体型又大，于是得了“老虎虾”这个霸气的名字。厨师对食材的挑选是因地制宜，烹饪方法也颇有当地特色。

奶油老虎虾是亚庇“龙虾王”店的招牌，金黄色的酱汁中藏着甜、辣、醇、香各种味道。我打开虾壳后，将肉质紧实的虾肉蘸满调味酱汁往口中一送，愉悦感油然而生。另一道名菜——炒肉蟹——在这里便宜到不行，5 只饱满鲜嫩的肉蟹均被一切为二，放

奶油老虎虾

炒肉蟹

满了一个盘子，店家才卖 29 马币。厨师在翻炒它们的时候，撒了咸蛋黄调味。我明明知道蟹壳不能吃，却被这调味料惹得忍不住下手。如果你想要检验海鲜的新鲜度，要一份用葱姜热炒的蛤蜊是很好的选择。如果你需要一份热气腾腾又可以暖胃的食物，那么一份放满虾与蟹的海鲜粥能满足你所有的期待。

这样的一顿美味，是我飞行了 4 个小时来到这个美丽的海边城市后，亚庇赐予我的奖励。

位于亚庇市的加雅街，可以找到很多华人的元素，如中秋过后仍挂在街道上的灯笼，听说前几天在此处刚刚举办了灯会。华人在这条街上开了许多美味的饭店，惹得我早、中、晚都要去加雅街觅食。我发现这里饭店的氛围异常轻松，在这里可别指望很容易找到环境优雅的地方用餐。街道上的饭店大多门面装修简单，用餐区域聚满食客。饭店不配有空调，不过头顶的风扇会不停地旋转，以消散一些艳阳下的暑气。

服务员们忙碌地穿梭在塑料桌椅间，手上捧着刚刚出炉还冒着热烟的生肉面、牛杂汤、肉骨茶与煲仔饭等。食客们脚上穿着夹脚拖鞋，跷着二郎腿，一边拿着草帽扇风取凉，一边谈笑风生，一边用餐。

拉茶饮料的摊铺前总是围满了人，老板手里拿着两个金属容器，将褐色的拉茶倒来倒去，大家看得目不转睛。茶铺老板将拉茶玩得像拉面一样，越拉越长，身体还不断变换着姿势，如同杂耍一般，惹人连连叫好。奶与茶在空气的接触下渐渐出现了一层洁白丰盈的泡沫。装杯时，老板骄傲地说："我家用的是正宗的沙巴红茶和最好的炼乳！"他的最后一道工序是噼里啪啦地放入冰块，然后端给客人。

我喝了一口马来特有的拉茶，顺滑的奶味和浓郁的茶香直抵味蕾，那种酣畅淋漓的口感如同一个出色的舞者将身体拉伸到了极致一般到位。

一道美食的诞生与人类的迁徙历史总是密不可分。俗话说："海水到处有华人。"特别是在晚清时期，大量中国移民迁徙到了东南亚，这种漂洋过海去南洋谋生的移民浪潮被称为"下南洋"。在下南洋的人潮中，来自福建和海南两省的华人数量最多。

中国人总是依恋故土。当人们漂泊在异国他乡时，食物会成为他们对故土最后的牵挂与坚守。所以在现今的马来菜系中，华人的改良口味早已融入这个菜系的骨血。说起肉骨茶，应该无人不知吧。在华人初下南洋时，为适应东南亚湿热的气候环境和艰苦的劳作条件，也为了去暑治病，有人用中国传统的药材如当归、枸杞、党参等来煮药。为了规避"药"字，大家会称呼这种滋补的汤水为"茶"。一次偶然的机会，聪慧的华人把猪骨放入茶汤中一起煮，发现茶汤既美味果腹，又强身健体。一种以猪肉和猪骨配合中药煲成的汤就出现了，就是肉骨茶。细看配方，还有葱、姜、蒜、生抽、老抽、蚝油与白胡椒粉。不同的饭店做出来的肉骨茶，口味也是不一样的。有的偏向海南派系的浓重胡椒味，有的传承于福建的浓重药味。这种饮食习俗融入了马来人的美食文化，也被不同的民族所接受。如今的肉骨茶可不只东南亚华人在食用。马来人吃肉骨茶时，还会给自己倒上一杯浓茶，一口肉一口茶搭配着吃。

除肉骨茶之外，甘梅汁、鱼丸面线、牛杂面也都是这里的特色美食，如果有幸去马来西亚，一定要去那里的咖啡馆和茶室坐坐，体会一下最有特色的当地风味。

• • •

【听】/ 曾陪鸳鹭听流莺

在旅途中，有的是时间和精力感受大自然。如果能静下来，细心聆听身边的声音，你会获得很多东西。

听，清晨的微风穿过树叶，沙沙作响；夜莺在枝头上呼唤同伴，婉转悦耳；水蜥蜴缓慢地爬过青草地，窸窸窣窣；淙淙泉水飞落涧底，叮叮咚咚；雨水击打着窗棂，淅淅沥沥；原住民敲响古铃，绵延悠长；歌者在篝火旁肆意地歌唱，乐声高亢激昂……

“谁家玉笛暗飞声，散入春风满洛城。”当你能静下来细听世间万物的种种声响，你还会觉得这个世界不美好吗？

离开亚庇，我将前往位于Sepangar Bay的佳蓝汶莱度假村。抵达的那天下午，我沿着度假村小道散步，觉得这里的自然环境十分优美，让我感到自己像是走进一个童话世界的村落。晚上，花园内的莲花池传来呱呱呱的蛙鼓声，白鹭从木屋顶飞过的刷啦刷啦声，又让我觉得自己简直是生活在大自然的森林中。

第二天，熟睡中听到未落锁的落地窗"滋滋滋"地被拉开。我瞬间惊醒，抬头一看，只见一只猴子与我面面相觑，手里还捧着我吃到一半的小核桃。这位不速之客在阳光和煦的早上潜入我的房间寻找它的早饭。看我起床，它怯怯地退到房外蹲踞在椅子上。栏杆上还站着一只小猴子，期待地看着大猴，希望它带来今天的食物。

我怎么忍心让这两只可爱的小东西失望，于是，回到房里拿起桌上的水果给它们吃。我第一次近距离地全程看着大猴如何吃橙子。它熟练地捧着橙子，咬开外皮，拨开橙肉一口一口地吃着，橙子特有的浓郁香味瞬间弥漫在阳台上。小猴很机敏，在大猴吃橙子时耐心地等着，百无聊赖地挠痒痒，又直勾勾地看着大猴。直到大猴把剩下的橙子放在桌上，小猴才迅速靠近咬了起来。我又回到屋里把梨拿了出来放在矮桌上，大猴拿起它揣在怀里，咿咿呀呀地呼唤小猴，然后边跑边攀爬地离开了我的房间，在远处的屋顶上有一搭没一搭地吃起了梨。

如果每天早上不是被闹铃吵醒，而是被小动物的敲门声叫起，人生会不会过得和现在完全不一样？

吃橙子的猴子

有一次我住在位于萨莉雅国家公园内的香格里拉度假村，一天早晨，正在阳台上看书的我被踢踏踢踏的马蹄声吸引，赶紧起身趴在走廊上看——原来是有人在骑马。

我非常喜欢骑马，立马穿上鞋跑到酒店大厅的活动中心，询问是否有骑马的活动。负责活动的马来甜妞开心地向我介绍，有半小时的海边骑马活动，或是一小时的海滩加森林的自由骑行。我预约了下午海边骑马，和她说："那就下午那场吧，骑完我正好洗澡睡觉！"

到了预约的时间，教练 Abu 来接我们，他走路时一瘸一拐的，我关心地问他怎么了，他幽默地说昨天他的"马儿子"闹别扭，他从马背上摔了下来。先生十分担心我，毕竟我在冲绳骑马时也曾经从马上摔下来过。我妥协说：“那就让 Abu 牵着马，我骑在马背上慢慢走吧。”其实，只要不在马奔跑失控时摔下，跌一跤并不可怕。这就好像骑车会跌倒，学走路会摔跤，人生的许多成长都是在跌倒又站起中完成的。

骑马总会让人愉悦，同行的一对来自美国的母女刚从千岛湖环岛骑行完。我们互相寒暄，认领自己的马。我分到的是一匹棕色的母马 Alice，它今年九岁，有一双大大的温润的眼睛。我轻轻抚摸它的马背与鬃毛，和它稍微建立一些联系，然后把蹬革调到适合的长度，借着台阶上马。从马厩骑到海边大约 10 分钟，我享受着海风吹过的凉爽。上马后必须全神贯注，我得先集中精神控制缰绳，等马一踏一踏地开始稳步前行时，人才能稍微放松。骑在马背上，看到前面骑行者的背影渐渐远离，感觉天地间仿佛只剩下我一人一马。

风吹着浪花打在沙滩上，低沉的海浪声高一阵低一阵，像母亲召唤着远行的游子。它有规律地一起一伏，特别舒缓。我曾经看到一则新闻，说倾听海浪声可以缓解耳鸣和抑郁症。我想这应该是听觉带给人的精神洗礼。

走了一公里左右，Alice 开始嘶鸣，略微有些焦躁。一直陪同我的教练 Abu 迅速上来拉住缰绳，安抚它并和它交流。

我问道：“它怎么了？”

在海边骑马

“它没事！可能是我们现在走的路线和它同伴们的不同，它有些孤单了。”

“没事，那我们回去吧，让它也休息吧。”

“可是我们还没有骑到半小时，这样可以吗？”Abu 负责地问道。

我倒不介意，我已经听到了 Alice 的不耐烦，也不愿意强迫它继续前行。人如果静下来，便会体贴周遭的一切，既然马和我在一起，我当然要尊重我这位伙伴的意愿。回马厩的路上，Abu 怕马再次焦躁把我甩下来，于是便一直牵着缰绳陪着我。

“Abu，你家住在哪儿啊？”

“我是萨莉雅地区的原住民，每天走一公里来酒店上班。这家酒店不错，我每天陪客人们骑马。我希望这个月发了工资后，我能把手机换了，它被马踩碎了。”

“哈哈哈，希望你马上有个称心的新手机！”我笑着说。就这样，我结束了当日的骑马活动。

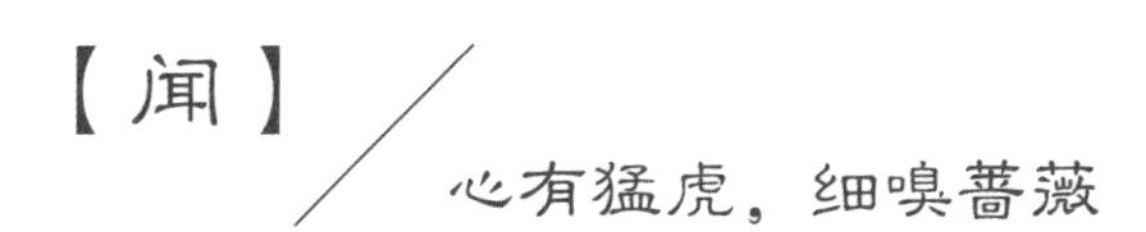

【闻】心有猛虎，细嗅蔷薇

气味在人世间无处不在，接受气味虽然被动，却正因如此，嗅觉成了一段回忆中不可或缺的记忆点。

秋日的上海，金桂、银桂、丹桂等各种桂花都到了盛开的季节，花朵虽然不大，花香却在很远的地方就能闻到。此时我便会想起，又到了吃桂花糕的时节，该买一些桂花糕回家，自己吃一些，再分一些给朋友们。这是嗅觉对我的提醒。

第一次来到东南亚，卧房、走廊、饭店到处有柠檬香茅的香气。这种植物的根茎都有几层，层层包裹在一起。它周身绿色，坚硬、不起眼，在东南亚却被广泛用作烹饪的香料。它还被妥妥地安放在香炉中，味道略微有些刺激，让你无法躲避。就好像邻居家调皮的小孩子，老是在你不注意的时候窜出来和你打招呼，我知道它好，但却没有准备好。

多来几次就会依赖上这种香气，只要一闻到它，就知道到东南亚了。如果室内熏香或热辣的菜肴中没有它，我便会四处找寻它。这是嗅觉对旅途的反馈。

我喜欢沙巴花朵的香气。在沙巴的度假村，我每天都会特地走到莲花池，挨它近一些，然后被莲花独有的温柔形态与淡淡清香深深吸引。莲花香没有丝毫的攻击性，一如它淡雅、纯净的气质。莎士比亚在他的《十四行诗》中写道："玫瑰是美的，但更美的是它包含的香味。"莲花的香味更像是一位刚出浴的少女身上自带的香气。

在这片土地上，莲花被誉为圣洁之花。它那出淤泥而不染的特质广受赞赏。前一夜我刚看过沙巴民族舞蹈，舞蹈剧的创作灵感来自莲花在当地文化里不同的象征，舞者会将柔软的手指向上翻，或将大拇指与中指捏起，其余三指高高翘起。舞者通过民族舞的形式展现莲花纷繁的形态，述说有关莲花的神话和在哲学上的意义，如生命、轮回。

沙巴的莲花池

每天去吃早饭的路上，我会在一株株花树前流连。鸡蛋花和三叶梅是很好辨认的，更吸引我的是沙巴州独有而我却说不出名字的花卉。比如，有一种花的叶子如同夏日的蒲扇，周边有一圈小小的锯齿；有一种花从树上垂下来，多片花瓣像鹦鹉的红嘴；还有一种长得很像彼岸花的植物，不长在地里，却挂在树上。

谁说旅途非得不停地奔波与赶景点？能慢悠悠地欣赏各地独有的花卉草木，细嗅空气中的香气，又何尝不是一种快乐。

说起我对亚庇气味的回忆，一定不能从那条夜市街抽离。从中央菜市场开始向四周散开的夜市，白日里停满车辆，和普通的街道没有两样。一到夜晚，蓝色的布棚，比比皆是的摊位，晚餐后出

榴梿夜市

来过夜生活的马来人，把这里挤得异常热闹。彩虹天桥下的榴梿一条街，用气味吸引或驱散人们。喜欢吃榴梿的人，自然爱极了马来西亚出产的榴梿。比如我的新加坡朋友，他会在猫山王上市的时候特地驱车到马来西亚吃榴梿。吸引他们的就是榴梿那独特、刺激的香味。

除了榴梿，夜市还有卖其他水果、食品的摊位，以及海鲜排档。夜色中，榴梿的臭香、红毛丹的甜香、菠萝的清香，以及经过炭火烘烤的鸡腿的油香味，在集市的上空中交汇缠绵，久久不散。

• • •

【知】/ 长怀敬畏自然心

早几年我就听说过，沙巴的日落之美排名世界前三，几乎可以和希腊的圣托里尼媲美。不知榜单创建者是用什么样的标准做这个排名的，是日落时周边的风景，还是看日落时得到的震撼？

从地理因素的特别之处来看，浅滩的镜面效应能让日落变得双倍美丽。那火烧云的颜色呢？是否也如摄影师的照片中那般丰富斑斓？

人总是有好奇心，我带着这份好奇来到沙巴，要探一探这里的日落之美。

然而天公并不作美，七天的度假时光悄然接近尾声。除了有一日尚有晚霞，其他四日都是在傍晚薄暮时分开始下雨。我的心情从一开始的淡定从容，变得有些着急。倒数第二日，我从晌午开始就密切关注天色，每次站在阳台上看到烈日高挂，都会松一口气。这是一件多奇怪的事情啊，若不是在旅途中，谁会像古人一样，靠观测天象来看当日的天气。到了下午五点，和我一样等待着日落的游人，静静地坐在沙滩旁的日落吧，或给自己点上一杯白葡萄酒，或调试着摄影器材，所有人都怀着看一场大片的心情，等待天空染红的那一刻。

“不好，那边飘来一片好大的乌云。”来自德国的旅行者Monica让我赶紧看天空，此场景如同眼见着演员就要出来表演了，大幕却忽然拉上。天空传来了雷声，黑灰色的乌云布满了天空，噼里啪啦地下起了大雨。

“No！”我失望中甚至带了些愤怒，顾不得喝完杯中的酒，便意兴阑珊地回到自己房里。“明明现在不是雨季，为啥天天快日落的时候下雨。”我嘟哝着问先生的意见。其实我心里明白，不是每个人都会因没见到美丽的夕阳而失望，说到底，我的失落来自一个摄影师没能拍到自己心目中完美的照片的私心。

打开落地窗，坐在阳台榻上，我不死心地看着天空的变化。时间在推移，天空却没有停止大剧的表演。

我看到一丝光芒像利剑般从密布的乌云中穿透出来。

我看到闪电以极快的速度时不时劈向人间。

我看到北边大雨滂沱，南部却雨散云开，透出的云朵被描上了金边。

我看到雨中的大海，它退去了蓝色的果冻外衣，拍打着浪涛展示着它的力量。

这些景象不美吗?它很美，很难得，只是很难被相机捕捉。大自然不会顾及人类的小愿望，也不会顾及人类的付出，如你飞行了多少小时，花费了多少金钱，要得到什么样的照片。这一切大自然毫不在乎。它自带神性与威严，只按照自己的节奏行事，它是自由的，不可撼动的。

我在阳台上静坐了一个小时，这种安静让我有时间和自己对话，心情从失落转为宁静。大自然是最好的老师，它告诫我们：请保持敬畏。那日我放下对晚霞的执念，去酒店吃了一顿包含民族表演的自助餐。彼时闪电还没有离去，它躲在云层之后，像楼道里年久失修的夜灯，时不时照亮夜幕。

当地表演者以闪电为背景，登上烧着火把的舞台，向人们展示婆罗洲的民族舞。女演员穿着镶着金边的黑色马甲、筒裙，发髻边簪着一朵鸡蛋花。手指向上翘起，上臂展开，这样的动作是在模仿

飞翔的老鹰与柔美的莲花。男演员身着兽皮，头顶羽毛，目光炯炯地舞动长矛，模仿原住民狩猎时的动作。创新与传承这些民族舞蹈的人都是大山的孩子，他们住在树屋中，靠打猎为生。

他们比我们这些从小生活在城市的人更懂得尊重自然与传统。

当我放下了非得看晚霞的执念时，老天竟奇迹般地赏赐了我完美的日落。最后一日赶夜间飞机的空隙，我们来到丹绒亚路沙滩。远处的小岛像一个蒙古包一样卧在海面上，日落酒吧悠扬的音乐传到耳边。越来越多的人牵着爱人的手，把孩子驮在肩头，聚集在此，共赴这场大自然赐予的盛宴。天空像一块正在被描绘的画布，从蓝金色到橙黄色，待到太阳落入海中，晚霞变换为粉紫色，最绝妙的是，远处小岛上有一层厚厚的积云，光线从云中散射而下时不断变换着姿态。如梦如幻的美景让我赞叹，这景象堪比粉色极光。周边的人们和我一样兴奋，情人间开始拥吻，朋友间互相留影，孩子更是露出了纯真的笑容。

日落中的沙巴晚霞充满了爱意，这是我度过的最美好的傍晚。

当地民族歌舞

第五章

西班牙

——欧非交界处的烈火如歌

•••

“踢踏踢踏”，一架复古马车从我身边经过，清脆的马蹄声伴随着悠扬的钟声环绕在古老的中世纪广场上空。我醉在了甘冽的 Sangria 果酒中，透过酒杯，我看见吉卜赛女郎紧皱着眉头，如倔强的蝴蝶般舞动着她的裙摆。清晨的雾气刚刚散去，冬日的暖阳带着懒惰和安逸烘暖了我的肩膀。

这就是冬日的西班牙吗？不，这只是西班牙万种风情中的一味。只言片语描绘不了她的美和魅。

我眼中的巴塞罗那，有着高迪赋予的调皮和创新，加泰罗尼亚的民族精神让这个城市的人民富有凝聚力。我眼中的马德里，能满足旅人对欧洲帝都的一切想象，华丽的建筑、精美的喷泉、庄严的王宫，都显示着这个城市的文化底蕴和气派。我眼中的塞维利亚，小而精致，老而弥新，多民族的文化融合孕育了这个城市灿烂悠久的文明。西班牙无尽的美丽风景和璀璨的文化带给我强烈的视觉冲击和心灵的撼动。

如果可能，我愿意在这烈火如歌的地方永远流浪。

仙气缭绕的圣地 / 蒙特塞拉特山

清晨，初到巴塞罗那的好奇让我 5 点便兴奋得睡不着了，可惜冬日的欧洲黑夜太长，早晨 8 点窗外的天空还挂着星星，我硬是挨到了天色发亮才冲出酒店。昨夜估计是下过一场大雨，潮湿而干净的地面亮得能反出我兴奋的笑颜。海鸥盘旋在空中，扑腾了几下便停在了雕刻精美的街边窗台上。我蹦蹦跳跳地挎着个小包，捧着相机走在兰布拉大道上，和刚刚开门的花店老板打招呼。一拐弯见到波盖利亚市场的围墙，巴塞罗那市民们正在市场外围的街边摊挑选当天的蔬菜和海鲜。

我走进波盖利亚市场。这里的食品和水果种类繁多，琳琅满目。它的功能虽是菜市场，整体风格却充满了艺术感。抬头看，铁架构的屋顶被涂满了彩绘，每一位摊铺的主人都竭尽巧思地将自己面前的方寸之地布满具有冲击力色彩的食物。橙子、苹果、草莓、猕猴桃、豆角、茄子，每一种水果和蔬菜都有自己鲜艳的色泽，主人用艺术的眼光将它们排列组合。如果摊主觉得颜色还不够艳丽，那么一串串火红、明黄、青绿的辣椒，或多达十几种颜色的组合软糖便会出场，成为装饰的一部分。这儿的一杯鲜榨水果汁只卖 1 欧元，游客可以边走边逛，买点腌制火腿带回去送给亲友，是不错的选择。

市场内有许多类似于大排档的小餐厅，门口放满椅子，并且一字排开。一大早，当地人会像吃正餐般喝点小酒，吃点海鲜。我也坐下，点了一份 Tapas。Tapas 是开胃下酒菜，西班牙人原把它当作主餐之间的点心，发展到现在，衍生出很多种类，甚至已经变成了主餐。它起源于 19 世纪的安达卢西亚，相传是一位酒保用小碟子或盖子（tapa）盖在酒杯口以防止苍蝇飞入，后来演变成在盘子里放一些乳酪、橄榄等小菜来下酒，之后小菜种类越来越多，从火腿、乳酪等冷盘到各式海鲜、蛋饼、肉丸等热食，遂逐渐形成西班牙一种特殊的饮食文化。若是像我这样，不太饿却想小酌一杯，那么一份由牙签固定着，包含了面包、火腿与橄榄的一口食便是最适合的下酒菜。

西班牙小吃 Tapas

继续往前走，我发现市场内遍布售卖西班牙火腿的小店。腌火腿可是世界闻名的西班牙美食，历史长达一千年之久，最早可以追溯到罗马帝国时代。西班牙火腿从原材料上可分为塞拉诺火腿（Jamón serrano）和伊比利亚火腿（Jamón ibérico）两类。前者由常见的白蹄猪制成，而后者是用产量稀少的伊比利亚黑蹄猪制成的，制作更讲究，当然价格也更贵。我来到一家肉铺前，想挑选一块伊比利亚火腿，切片尝一下，可光看菜单就云里雾里了。

店主是一位身材壮硕的男子，棕黄色的鬈发上有一顶白高帽子，见我后爽朗大笑，用中气十足的声音询问我是否需要帮助。

“我想切几片伊比利亚火腿，看到有 Jamón 和 Paleta 两种，它们有什么区别吗？”我好奇地询问道。

“Jamón 是用猪的后腿制成的，如果是用猪的前腿制作的，则叫 Paleta。猪前腿相对肉少，且肉质较硬，而猪后腿肥肉较多，因此 Jamón 要比 Paleta 更好吃哦！”店主擦了擦手，指了几只倒挂在店铺上方的火腿给我看。

我选择了后腿肉，他拿出一只肥瘦相间的火腿，将它固定在钢结构的架子上，转身选择了一把称手的刀具，走到架子前，先判断肉的薄厚度再拿捏油脂分布，最后像拉一把无价的小提琴一般，顺着火腿的纹理切下了一片。我托着腮在旁边看着，只见火腿内绯红的瘦肉与白色的脂肪均匀地交错分布着，温润的油脂散发着榛果芬芳的气味。店主拿起一片薄而透明的火腿，放在事先烘热的白色盘

西班牙人切火腿

子上。完成了有仪式感的盛盘后，他示意我尝一下。

店主认真对待火腿的态度让我肃然起敬。切片火腿入口先是有微妙的咸味，略微咀嚼后，瘦肉鲜嫩，肥肉滑腻，一股浓郁的化不开的熟肉香气在口腔中舞蹈了起来。我几乎能感觉到火腿经过岁月的发酵与沉淀汇集成的独特的风味。西班牙火腿与我国云南宣威火腿的制作方法相似，先用盐腌制火腿，再晾挂风干，几年后才出品。类似的烹饪方式与取材运用，展现了从古至今人类对“吃”这件事情的相同智慧。

离开市场，我搭上车，不到一个小时的车程，蒙特塞拉特山便出现在我的眼前。这里的山峦很特别，像一根根粗壮的手指直插云天。晨雾并未散去，清冷的空气冻得我打了好几个激灵。走在步道上，一步一美景。走到尽头，我遇见了蒙特塞拉特修道院。这个修道院是加泰罗尼亚人精神和灵魂的守护者，自中世纪起便是人们的朝圣之地。至今还有大约 80 个修道士在这里过着与世隔绝的清修生活，建于 14 世纪的教堂内有一座怀抱圣婴的圣母雕像，来自各地的朝圣者会来此处祈福。

在加泰罗尼亚地区，未满 18 岁的孩子都会在父母的陪伴下去修道院祈福。在蒙特塞拉特修道院门前，我正在眺望远山、欣赏美景时，一对夫妻带着孩子问我是否能为他们全家拍一张照片，他们想与修道院合影。我欣然同意，一边调试相机参数，一边等待他们准备好。

孩子的头斜斜地往母亲的怀里歪着，走起路来一跛一跛的，行动缓慢。父亲一直搀扶着他，手里紧紧攥着手帕，不时替孩子擦去不经意流下的口水。母亲在另一边扶着孩子，鼓励他再走几步，她温柔地轻语："宝贝，待会儿我再带你去黑石圣母那儿祈福，你的病很快就能好了，一定会的。"

我拿着相机，对他们说："慢些，不急。"我被一家三口面对疾病却充满乐观的精神所触动。我想，深山中的修道院便是温暖这个家庭的一道光吧，他们愿意带着行动不便的孩子驱车绕过弯曲的山路，为的就是点燃生活一定会变好的希望。

旅途中遇到的那些感动的人和事，最终都会成为刻在我岁月中的风景，永志不忘。

拍完照，告别了那一家三口，我怀着一颗敬畏之心，入内参观了这座拥有千年历史的修道院。室内的装饰、吊灯、雕塑、彩窗都原汁原味地保留了古欧洲的风格和美感，精致至极却也大气恢宏。随着神父来到主讲台前，工作人员示意大家保持肃静，一场祷告即将开始。神父们陆陆续续地从两侧步入修道院前方的祈祷台，在我毫无准备的情况下，一位头发花白的神父开始吟唱，站在两边排列成扇形的神父们在身边伴唱。在他们的歌声响起的瞬间，除了“圣洁”我找不出其他合适的词来形容那一刻的氛围。管风琴的伴奏声回荡在修道院的每一处，神父们捧着《圣经》吟唱，声音仿若天籁。

人们手拉着手，站在一排排座位中间，有人随着神父一起吟唱，有人虔诚地望着祭台。我身边的一对老夫妻，已然泪水盈眶。

祈祷结束后，我久久无法从激动的情绪中出来。纯净的东西会产生一种巨大的力量，让你相信并崇拜它。我去过欧洲很多地方，看过很多伟大的教堂，包括科隆、乌尔姆、佛罗伦萨等地的著名建筑，当我站在那些举世闻名的教堂内时，我感觉到的是人类在建筑、绘画和艺术上的造诣，而非信仰本身的感染力。只有在这个修道院里，我相信神父们真的能将一生奉献给信仰。

修道院建在蒙特塞拉特群山之上，像个世外桃源。我沿着步道散步，极目远眺，依稀看到了远处连绵的雪山。午后，浓雾忽然从山腰向着天空蔓延，蒙住了我的双眼，一时间能见度降到很低，眼前的风景都看不清了。也不知浓雾何时散去，能否安全下山。踌躇片刻后，我和先生商量了行程后又走回了院内。既来之则安之，不如去看一看黑石圣母抱子的雕像。它是蒙特塞拉特的镇山之宝，14世纪就被安放在修道院内，至今仍供于此。加泰罗尼亚人将攀登此山作为朝圣之路，朝拜的对象就是圣母石像。圣母石像通体黝黑，表面光滑，散发着光泽。雕像体积并不大，但栩栩如生。信徒们虔诚地对着它祈祷，神情庄重。

浓厚的雾气没有持续很久，一阵微风吹过，雾变小了，整座

黑石圣母抱子的雕像

蒙特塞拉特山

山也变成了另一种美。白色的雾气像一条条飘动的丝带围绕着这座圣山，令我们赞叹不已。此情此景一如偶尔会被挫折笼罩的人生，只要保持乐观心态，坚定战胜困难的信念，就会雾散云开，柳暗花明。

离开圣山后，司机驱车带我们来到一座城堡前。“卡多纳——菲利普五世军队最后攻占的城堡”，寥寥几字记载了这个城堡的命运。我通过各种渠道找寻关于城堡的更多信息，然而得到的只有这几个字。看它的外观，还真是古朴无奇。土黄色的外墙并无过多的雕饰，建筑形态也很简单。它让我想起当年在德国读书时，周末坐着慢悠悠的火车沿着莱茵河旅行的经历。那时候，坐在火车上支着头看窗外，不出几十公里就能看到远处山头上有一座像这样的城堡，我笑着叫它们土坡城堡。当年年纪尚轻的我压根儿不明白这样的土城堡有什么好，正如现在的我看到眼前这座城堡的第一眼，只觉得它平淡无奇。

下午的风吹得越发猛烈了，寒风吹乱了我的头发。我走进城堡，想不到它虽古老却不破败，里面既清幽又干净，听说前几年被改建成了国营酒店。沿着人流稀少的城堡小道绕啊绕，我惊喜地发现前方有个平台，视野极好。我倚靠着平台栏杆向下望去，远处有近百户红色屋顶的居民房，郁郁葱葱的山林和采石场为这片土地增添了烟火气。

城堡的顶部是个瞭望台，通过窄小的楼梯小心地登上去能抵达一个狭窄平台。平台小到只够容纳一到两个人。同行的先生恐高，

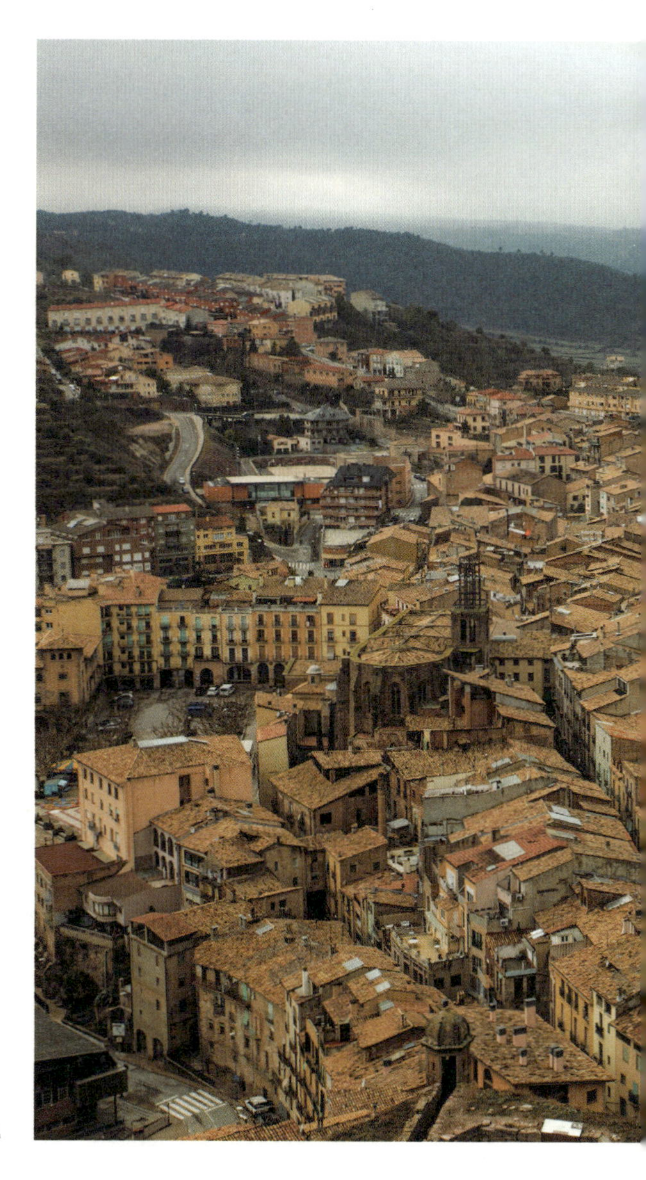

从卡多纳城堡上俯瞰的景色

怕不安全便放弃登高，也劝说我不要上去了。虽攀登不便，但凡能登高的地方，对我都有极大的吸引力。我思索了片刻后告诉他："我会小心。"便自己爬了上去。站在顶端的感觉真是太好了，狂风从我脸上呼啸而过，一道道地刻进心坎儿。我看着脚下的景色，竟有些豪情万丈、傲视天下的豪气。美，不足以形容这里，有沉淀，有风景，有感觉，有味道，是对这景致恰当的形容。我拿出相机，快门按个不停，只想把眼前的美景都记录下来。直到先生呼唤我下来，我才依依不舍地离开塔顶。

因为太喜爱这座城堡，所以我们留下来用了一顿晚餐。初来乍到，我们决定尝试一下当地最有特色的传统美食。西班牙的美食文化广为流传，灿烂的文明赋予了这个国家丰富的美食资源。北部的炭烤或铁板烧令人垂涎。安达卢西亚的哈布哥生肉、伊比利香肠、中部塞哥维亚的烤乳猪与托莱多的烤乳羊都十分美味；马德里以两道焖煨的菜肴——综合菜肉煲和牛肚煲扬名。此外，辣味章鱼、烤海鲜馅饼等亦为著名海鲜佳肴，加泰罗尼亚的海鲜饭用番红花等香料调配后，吃起来别有一番风味。

数个世纪以来，因受罗马人和摩尔人的影响，西班牙地中海沿岸的料理特别丰富多变。料理中常使用橄榄、稻米、柑橘、杏仁和番红花搭配山珍海味。

我点了一份西班牙最有名的海鲜饭。厨师把西班牙粳米放入大型双柄的浅锅内烹煮，加番红花调味，佐以各种海产、鸡肉、番茄等食材，最后文火慢煮，出锅时色香味俱全。

西班牙海鲜饭

先生点了一份墨鱼汁烩饭。它与海鲜饭在烹饪手法上有异曲同工之处，但它在西班牙并不属于海鲜饭一类。墨鱼汁烩饭是用墨鱼汁、蒜、胡椒和高汤制作的一道美食，通常也会加入新鲜的墨鱼、贻贝、扇贝、对虾等海鲜。海鲜合奏曲赐予了米饭鲜美至极的味道。

夜色渐浓，我们终将告别这座城堡，沿着红砖城墙，我一步一回头，整个西班牙给我印象最深的一个建筑就是这里了。离开城堡前，我问路边的野花："野花啊，你能告诉我这个城堡里面还发生了哪些故事吗？"

• • •

巴塞罗那/晨光下的圣家族大教堂

在巴塞罗那的第二日，我计划花一整天去拜访高迪的建筑。从酒店步行到圣家族大教堂并不远，我选择用脚步丈量这座城市的大街小巷。巴塞罗那与一个人的名字紧紧相连——安东尼奥·高迪，他被誉为塑性建筑流派的代表人物，是近代最著名的建筑师。更有人评价说，这位伟大的建筑师带动了整个巴塞罗那的旅游业！

无数旅行者选择拜访巴塞罗那这座城市就是因为这里有高迪的建筑群。巴塞罗那有 9 个世界文化遗产，高迪一人就占了 7 个名额（文生之家、圣家族大教堂、古埃尔宫、古埃尔公园、巴特罗公寓、米拉之家、古埃尔纺织村教堂）。

与许多郁郁不得志的建筑师相比，高迪成名很早，而且有很多商业设计，兼有“土豪”投资他的工作室，所以他一生不愁生计。这位拥有大神光环的建筑学天才一生未娶，他将所有美好的时光都献给了建筑事业。在他背后，有三位挚友一直在默默支持他。

第一位是弗兰切斯·博伦古尔。每个伟大的建筑师身后都会有一个伟大的团队，高迪的背后有位名不见经传的助手——博伦古尔。他是高迪的学生，深受高迪信任，也得到了高迪的悉心栽培。哪怕他并没有建筑师资质，依然可以在高迪的诸多作品中独当一面，并留下不少经典建筑作品。博伦古尔英年早逝，所以没有机会扬名。他比高迪小 14 岁，却比高迪早逝 12 年，仅仅活到 48 岁。

第二位是古埃尔伯爵。他是高迪坚定不移的守护者。高迪一生中的很大一部分建筑作品都来自这位金主的委托。他不但在精神上一直无条件地支持高迪，还给予了高迪经济上的资助，让高迪可以不用发愁建筑之外的琐事。哪怕两个人合作的桂尔公园由于时局不利而开发失败，古埃尔依旧半卖半送地送了高迪一套豪华别墅供高迪居住。

第三位的名字叫路易斯·多明尼克·蒙塔内尔，他是高迪的恩师。如果你有机会仔细观察世界文化遗产圣保罗医院的内部装潢与建筑结构，你就会发现高迪的风格并不是与生俱来的。多明尼克的建筑风格是极富浪漫和想象力的，与高迪天马行空的创意相比虽略显保守，却也堪称鬼才。高迪的风格逆反、顽皮、经常出人意料，而他的老师的风格则是唯美、华丽。

在等红灯时，先生蒙住了我的双眼，说再走几步给我看好东西。他比我高很多，视野和我不一样。等睁开眼时，哇，闻名已久的建筑瑰宝圣家族大教堂就在马路对面！

清晨，天色湛蓝，今天必定是个阳光明媚的好天气！果然，一刻钟不到，晨光便慢慢地爬上了这座教堂。阳光像一支画笔，寥寥几下就勾勒出了教堂的轮廓。圣家族大教堂始建于 1882 年，最初的设计师并不是高迪，建筑风格是新哥特式。由于第一任设计师与投资者意见不合，请辞而去。高迪在 1883 年接手工程，并融入自己的设计风格。高迪将他 43 年的心血都花在了圣家族大教堂上，直至他 73 岁去世，教堂仅完工了不到四分之一。如今，圣家族大教堂的工程还在继续，预计将在 2026 年，也就是高迪逝世 100 周年纪念之时完工。尽管还没有完工，但圣家族大教堂还是吸引了络绎不绝的游客。在门口的平台上，你总能看到游客们仰着头在观摩这座教堂精美的装饰和随性的线条，高迪的巅峰之作令人感动，也令人震撼。

早上 9 点，教堂门口参观的人已排成了长龙。我们购买了快捷票，走另外一个通道——有无数雕刻作品的诞生面。诞生面面向东方，象征耶稣的诞生，于 1894—1930 年建造的诞生立面是首个完成的立面，着重展现耶稣降生的内容，并装饰有不少令人可以联想到生命的元素。受高迪的自然主义风格影响，作品大量采用了自然景观和图像。仔细观察会发现，三个门廊被两根立柱切割开，一只海龟与一只陆龟匍匐在立柱之下，代表了海洋和陆地，也有人将它们解读成永恒的时间。立面两侧的变色龙则因为变色龙可以随着环境改变颜色而被赋予了变化的含义。三个门廊分别代表有信、有望、有爱，有爱门廊上雕有生命之树。该立面上的四座高塔与四个门徒——马提亚、巴拿巴、犹达和西门——一一对应。

教堂诞生面的雕像繁复到令人眼花缭乱，当年高迪是希望用建筑之美带给大众追求美好生活的希望。

圣家族大教堂

从听讲器中得知，教堂内部的结构是以森林为蓝本的。各种构造的面都不是平面，内部装饰颇有巧思，多数抽象形状由平滑的曲线和锯齿状的节点组合而成。即便很细节处的设计，如楼梯的铁栏杆，也经过了富有曲线美的加工。高迪巧妙地利用光效增强了圣

圣家族大教堂内部的彩色窗户

家族大教堂的感染力与庄严感。他曾说，色彩是生命的动人之处，这正是圣家族大教堂表现出的独有特质。高塔和屋顶有许多点睛元素，如由威尼斯琉璃做成的马赛克，饰以流光溢彩的釉面，华美极了。室内的光影效果也很唯美，大片大片的彩色玻璃为这座教堂平添了神秘的色彩。

我见过很多有名气的教堂，圣家族大教堂不算高大，不算奢华，不算历史悠久，但它就是特别，独一无二！我站在教堂内部时，会因为它太过于受到游客欢迎而感觉很拥挤，但我抬头向教堂上方望去时，压迫感一下就消失了。光斑、色彩、透视都赋予了这座教堂无与伦比的灵气，同时也为人们带来了宁静。

听说从圣家族大教堂顶部平台能看到整个巴塞罗那，喜欢登高的我自然不会放弃这个机会。登上这个教堂的平台并不难，从教堂的受难立面坐电梯上去，再走几十节旋转楼梯就到了。观景平台很小，从平台上能看到巴塞罗那整齐划一的扩建区市容。下楼后，我看到刻有耶稣名字的大门被人摸得发亮。这个极具浪漫主义的大门，装饰有金属瓢虫、玫瑰和树叶，这些细节使教堂的外观精致动人。

当年高迪被邀他设计米拉之家的客户赖账后，不再接任何商业设计，全情投入圣家族大教堂的建造，白天扑在设计上，吃住都在地下工作室。可惜他由于车祸不幸身亡时，建筑才完成了很小的一部分，根本不是我们今日看到的几近完成的作品。

屋漏又逢连夜雨，高迪去世后，一些重要的图纸和模型不幸被损毁。是谁在帮高迪继续完成梦想呢？在 19 世纪七八十年代，日本人就对圣家族大教堂非常着迷。一批日本艺术家在艺术交流时将仅有的一些资料带回了日本，引起了建筑爱好者的热烈讨论。一些人认为它是一堆烂石头，另一些人则认为它是奇迹。日本人对这座建筑的未来展开了全民大讨论。后来，支持继续投建圣家族大教堂的财团持续投入大量资金给教堂的工程队。有些艺术家，如雕塑家外尾悦郎，更是到西班牙留学，学习西班牙语与当地文化。他吃在工地，住在工地，像当年的高迪一样，将自己的一生都献给了这项事业。我将深深的敬意献给建设者们，圣家族大教堂有望在 2026 年竣工，要感谢很多外国艺术家的帮助和支持。

我从清晨参观到晌午，圣家族大教堂的神奇让我忽略了饥饿，等出了教堂后我才觉得饥肠辘辘。以中国人的饮食习惯，12 点应该是餐厅忙活午餐的时候，却不承想我沿着路边找了半天，所有的餐厅都挂着午餐从下午两点开始营业的牌子，一时之间我竟找不到地方填饱肚子。好在一家以西班牙油条为特色的早餐厅还在营业，我赶紧推门而入。

西班牙油条以生面团作为主要原料（亦有餐厅使用马铃薯粉），厨师通过花边挤筒将生面团挤出来，使其带有花纹，然后将挤出来的生面团放进油锅里炸。油炸后，厨师会再在表面撒上糖或肉桂粉，这样便完成了一道美味的点心。通常食客会将西班牙油条蘸巧克力酱一同食用。

西班牙油条 Churros

入店后我点了一份油条加咖啡套餐，里面包含热巧克力酱，这是传统的吃法。不一会儿，新鲜出锅的黄色油条上桌，热乎乎的，散发着诱人的香气。油条入口后表皮松脆，内部柔软富有韧性。热巧克力的滋味裹住舌头，余香绕口，久久不散。再喝一口咖啡，醇苦与甜腻得到中和，这套早餐组合的确名不虚传。

店员穿着一条长黑色围兜，戴着领结，做出各种舞蹈姿势与我合影，态度十分热情。餐后我正和先生称赞这家店的口味与服务时，突然看到账单，瞬间像被泼了冷水般失望。比起其他早餐店的价格，这家的性价比实在太低了。这两天我们通过路边的招牌或广告得知，大多数早餐店供应的西班牙炸油条套餐，价格从 0.8 欧元到 3.5 欧元不等。而这家店，油条、巧克力酱、咖啡，每样各收 5 欧元。以我之前在欧洲生活的经验来看，店家分明是仗着面向教堂的地理优势，磨刀霍霍斩游客呢。

好在西班牙油条味道还算不错，聊以安慰我们旅途的劳累，以及多支付的费用。

• • •

古城托莱多 / 中世纪的吟唱

几日后，我们在马德里的西班牙广场坐上了开往托莱多的大巴，一路上，高速公路的能见度只有 5 米，从车窗向外看，天地间皆是缥缈的雾气。车上的其他游客对当天的天气有点担心，怕扫兴。我倒还好，出门多了，什么天气都会遇到。大雾天，景色也别有风味。古城地势略高，下车后我们便踏着青石板台阶往上走，抬头望有雾锁古城的神秘感。

为何一定要拜访这座城市呢？见到古城墙上西班牙文学大师塞万提斯给托莱多的题词便能明白——“西班牙之荣耀，西班牙城市之光”。

托莱多大教堂的规模位居西班牙前三，宗教地位非常高，是当时西班牙基督教教会总教区的第一大教堂。单凭这一点，这座教堂就值得一看。古城历经了几千年的朝代更替，又受到了外来多元文化的影响，城内托莱多大教堂的内外部建筑风格也汇集了多种美学元素。大教堂主体建筑为哥特式，内部装潢吸收了穆德哈尔式的艺术特点，祭坛是巴洛克文艺复兴风格。教堂上方的雕塑和花窗极尽奢华繁复，人们仰头看时都赞叹连连。

托莱多大教堂还有段有趣的历史，它先由西哥特人建造，后被摩尔人占领，改为清真寺，西班牙人战胜摩尔人后，将其改回教堂。教堂建造耗时 266 年。唱诗班座席、格列柯壁画、5 组耶稣生平的松木雕刻、圣器室宝藏、祭坛等都值得人们参观。我觉得单为了这座历史悠久的文化瑰宝，也值得来一次托莱多古城。大教堂是哥特式建筑艺术的巅峰之作，也是古城历史变迁的见证。

出了教堂后，我们很随意地在古城中闲逛，我爱极了欧洲古城的石板路和砖瓦墙，每走一步都像是穿越在中世纪的路上。到这里来千万别按图索骥地去攻略上推荐的景点，那样会令你失去很多体验古老文明的乐趣。就随便走走，看看橱窗内的刀剑与悬挂在墙壁上的孤灯，每个细小的发现都会让人觉得旅途颇有味道。整座古城都是世界文化遗产，当地政策不允许人们改变房子外观，所以一切都留有最初的模样。

导游告诉我一个故事。相传 1500 年前，西哥特的公主离开故都托莱多，远嫁法兰西，开始了她悲惨的一生。到了法兰西后，公主不但不受丈夫宠爱，还不幸被法国王室给害死了。这件事情对托莱多王室来说简直是奇耻大辱，不久后国王的弟弟继位，他合计着不能再嫁个公主任你糟蹋，应该取个法兰西儿媳妇过来立立规矩！结果强悍的法兰西公主和婆家闹得水火不容。于是，国王把王子打发到了安达卢西亚，让他治理南方那片肥沃的土地，谁知竟成就了

雾中的托莱多古城

行走在托莱多古城中

王子夫妇和美的生活。听完故事，同为女性的我既怜悯早逝的西哥特公主，又佩服之后嫁过来的法兰西公主，那时，女性的命运总是很难掌握在自己手里。

我问导游哪里能看到老城的全貌。他告诉我，有一个观景台是摄影师与游客的最爱。我们得走几公里出古城，再爬上附近的某个山坡，天气晴好时便能看到老城全貌。只是这样的行程安排，时间上不允许，往返山路不但耗费体力，还需要好几个小时，我只好遗憾地作罢。

我继续待在托莱多老城，踏过青石板路上的露水，穿过狭长的中世纪街道，圣依德方索教堂出现在我们眼前。经过教堂门口时我发现，宣传海报上写着——爬上钟楼能俯瞰托莱多，登顶费只要2欧元。这对我来说绝对是个大惊喜，本来我认为自己已经无缘得见老城全景，没想到这里还有个不同的视角。我兴奋地拉上同伴，气喘吁吁地爬上了钟楼。登顶时我看到了一圈铁丝网，瞬间心就凉了，好在走近后发现，铁丝网只是起保护作用，旁边有观景的走廊，虽然狭窄却也能毫无遮挡地看到全景。

浓雾还没有从古城散去，这又该如何？赭红的石墙与明黄的屋顶在我眼前时隐时现，远处的钟楼响起浑厚却富有穿透力的钟声。不一会儿，浓雾渐渐散去，一抹清透的蓝色从云层中露了出来。当微风吹过我的披风时，我几乎能听到中世纪的吟唱。我的托莱多之行，在这一刻圆满了。

同伴笑我，他说我对登高望远如此热衷并想方设法去完成的精神有点像堂・吉诃德。我忽然想起来，耳熟能详的《堂・吉诃德》的故事就诞生于此。书中瘦弱的堂・吉诃德从一座拱门出发，展开了他不自量力的征途。他骑着一匹瘦马，带着一支长矛，脑海中永远是正义的游侠骑士形象，一心要锄强扶弱。他的冒险之旅闹出无数笑话。在外人看来，他的行为如此荒诞，只有堂・吉诃德本人坚持心中的梦想。虽然故事的结局是他梦醒了，骑士梦碎了，但这个故事能如此打动西班牙人，何尝不是因为这里的人心里都有一个小小的、不被世俗认可的骑士梦。堂・吉诃德的骑士精神属于西班牙，也属于全人类。

离开托莱多后我们驱车来到塞哥维亚，去当地最有名的烤乳猪店吃午饭。西班牙中部的乳猪料理非常有名，引诱着食客前去品尝它的味道。这道名菜源自一位热爱美食的国王，他为了品尝创新美食，不惜下诏征集前所未尝的美味料理，引得本国厨师脑洞大开，纷纷研发新的食谱。美味的烤乳猪便在这种机缘下诞生了。烹饪出烤乳猪的大厨也因此得到了国王的褒奖，国王还下令将这道美食流传下去。

我们找到了百年老字号餐厅，听闻有诸多名人来此用餐。经历了四代的经营，至今，这一代的老板还在兢兢业业地操持着这家餐厅。今天店内顾客盈门，一个头发花白、西装革履的老人正在招待客人。一阵觥筹交错后，他示意大家安静一下，品尝烤乳猪前的仪式即将开始。老人拿起一只白色的瓷盘代替刀具，随着咔嚓一响，放在盘中的烤乳猪被切开。他举起瓷盘，在众人的鼓掌声中抛出了它，清脆的碎裂声没有被掌声掩盖。这道传统的仪式表明了烤乳猪的新鲜，同时也是祝客人们好运。

我嚼第一口乳猪皮时发现，它的口感不像我想象中那么焦脆。柔韧、筋道的口感让每一口都非常扎实。内部肉质软嫩、细密，香酥可口，咸香与甘甜看似背道而驰的两个味道，在这道菜中却奇迹般融合得非常美妙，味蕾得到了极大满足。

• • •

塞维利亚 / 醉在弗朗明哥里

安达卢西亚的艳阳无比灼热。一下火车，我就感觉像是被这个城市热情地拥抱了。

不知为何，明明是隶属于不同国家的两个城市，塞维利亚给我的感觉很像意大利的佛罗伦萨。它们都有悠久的历史与灿烂的文明，老街、老桥、老屋子都充满中世纪风格。匆匆而来的游客挤满大街小巷，当地人慢悠悠地品着咖啡，过着他们的慢生活。这些在两个城市都有体现。马德里和巴塞罗那有许多行色匆匆的上班族。而在塞维利亚的工作日，街边男人们喝着啤酒狂欢，女人们则坐在街心花园的长椅上聊天。人们的生活节奏在这个城市永远都是舒缓的。

♦ Sangria 酒

傍晚的塞维利亚真的是太美了，充满了西班牙式的热情与浪漫。当日我们要去一家小酒吧，近距离地欣赏一场弗朗明哥表演。

公元 711 年，摩尔人入侵伊比利亚半岛。摩尔人身上融合了北非民风与阿拉伯文化，他们在征服这个地区的同时将特殊的文化形态带了进来。此后的 800 年，阿拉伯人与西班牙人虽然在政治与军事领域冲突不断，人文的碰撞却诞生了富有当地特色的艺术，如弗朗明哥舞曲。它起源于非洲享乐主义的塔提麦斯乐舞蹈，之后，拜占庭礼仪赋予弗朗明哥舞曲东方色彩，而摩尔文化又增加了弗朗明

弗朗明哥表演中的吟唱

哥说唱的元素，这样便形成了充分释放情感的艺术形态。到了 11 世纪，在安达卢西亚充满南方风情的民间音乐的浸润下，形成了现今我们看到的弗朗明哥舞曲。

我们进入小酒馆，穿着明艳长裙的女侍者建议我们点一杯 Sangria。

“这酒有什么特别之处吗？”我看到盛放红酒的酒壶内放满了水果。

“Sangria 源于西班牙的 Wine Punch（混合型微酒精饮品），它可是西班牙的国酒，以葡萄酒做基酒，加入当季时令水果，浸泡后再加入一些柠檬汽水、朗姆或白兰地等。”女侍者拿起酒壶，和我们讲它的来历，“它口感酸甜、清爽，非常适合女士饮用，您可以试一下。”

我点了一杯 Sangria，刚想喝时，全场灯光忽然暗了下来——一位弹吉他的艺术家出场。掌声过后，他向我们简短地介绍了当晚的表演顺序。表演分为独奏、男歌手独唱和男女双人舞，中场休息后，两位男歌手对唱、女舞者独舞、男舞者独舞及最后谢幕，时长为一个小时。这绝对是一场视觉和听觉的盛宴，也被游客列为去西班牙必做的事情。

弗朗明哥舞者悲切的情绪配合吉他急促的节奏和抑扬顿挫的编曲，舞出了一支坚定有力、充满沧桑的震人心魄的舞蹈。当地的艺术家，无论是弹奏的还是唱歌跳舞的，都全情投入自己的表演，情感饱满，技艺精湛。

第一个让我印象深刻的表演是一位拉丁艺术家的独唱，男士的头发留到了肩膀，腮边一圈小胡子。他的表情漫不经心，唱法空灵，但传达的情感十分深远，举重若轻地将人世间的疾苦用音乐表现了出来。独唱后的第一场舞表达了男女舞者的爱恨纠缠，他们舞出了一段爱而不能、缠绵悱恻的感情，让坐在台下的我为之动情。之后，女舞者穿着红色长裙，身披大大的披肩缓缓上台，在做了几个妖娆的动作后，节拍忽然加快，她开始迅速旋转、踢腿，把裙摆甩得高高的，又立刻匍匐在地做悲切状，简直是一个风情万种的尤物。在舞蹈过程中，她的表情是那么痛苦，仿佛正在经历一场不幸却至死不渝的爱情。台下掌声不断，观众们的情绪被她带动得异常投入。最后一段表演先由一位歌者独唱，吉他在旁伴奏，随后男舞者登场表演。他的头发微湿，像刚刚淋过一场大雨。他的每个转圈都干脆利落，水滴从发丝飘洒到黑暗之中。女舞者坐在台下，在男舞者表演完后又登场即兴来了一段。她完成舞蹈后，莞尔一笑，无比美艳！

直到表演结束我都不敢相信，一个小时这么快就过去了。我端起一点没喝的 Sangria 果酒，一饮而尽，表示尽兴。

微醺的我走出酒吧，仍觉得意犹未尽。在果酒的作用下，我走到了街上还有些醉意。一轮新月挂在黑丝绒般的天际，整个塞维利亚老城灯火通明。金色的灯光爬上了教堂、广场、皇宫，把褐色的外墙照得美轮美奂。我那被精彩表演抽空的灵魂，久久未能从弗朗明哥里抽回。

我穿梭在这个小城的大街小巷。这些年我频繁往来于欧洲，吸引我的就是这些老城。它们形不同而神韵同，令人流连忘返。我用相机贪婪地记录着这里的一切，想留下的不是一扇窗户，一块瓷砖，一面墙壁，一座屋顶的影像，而是一些人，一些事，一段情。

我深深地爱着安达卢西亚，舍不得离开，它成为我想回到西班牙的牵挂。

在西班牙待了数日，从北向南，历经三城六地。感觉，我不是穿越了三个城市，而是旅行了三个不同的国家。巴塞罗那光怪陆离，充满活力；托莱多充满了文艺氛围和宗教气息；塞维利亚则似吉卜赛女郎，明艳不羁。这个国家，真是风情万种！

跳弗朗明哥的女舞者

男女舞者跳弗朗明哥

第六章

情迷突尼斯——撒哈拉的一千零一夜

• • •

在广袤的撒哈拉沙漠中有一个传说，每年 4 月，沙漠上会开满紫色的花。与此同时，在突尼斯北部的蓝白小镇，三叶梅在蔚蓝的天际盛放。天空每落下一朵花，撒哈拉就流过一粒沙。

突尼斯是一个适合流浪的国度。我在四驱车上纵情驰骋，两边的岩漠从窗口迅速驶过；我漫步在无垠的沙丘，寻找沙漠中的绿洲；我端坐在铺满草席的咖啡馆，静听地中海潮汐的律动；抑或邂逅柏柏尔人，他们也许用温情的目光看着我，用温暖的手握着我，请我听他们说古老的传说；最后我毫无目的地行走在麦地那，看暖色的阳光打在五彩斑斓的地毯上，绘成美丽的画卷。这一切的美丽奇遇，让我不可自拔地迷上了突尼斯。

情迷突尼斯，迷上它悠长的历史——当我踱步在杜加古城和迦太基时，我看到的是两千年前足以与罗马帝国抗衡的强大国力。

情迷突尼斯，迷上它浪漫的色彩——地中海的蓝、撒哈拉的黄、椰枣树的绿、盐湖深处的粉、清真寺穹顶的白。

情迷突尼斯，迷上它自然的史诗——塔图因的洞穴、蜿蜒的玫瑰峡谷，越过广袤的沙丘，遥望远处行走的驼峰。

情迷突尼斯，迷上它用人文书写的诗章——街头邂逅的老伯、博物馆里遇到的孩子、柏柏尔人粮仓前的老奶奶，他们都用真挚的微笑给予我旅途中的温情。

情迷突尼斯，迷上那让人欲罢不能的美食——海洋与火焰赐予了突尼斯新鲜的海产与肥美的牛羊肉。旅人一定要吃一盆国菜——库斯库斯，喝一杯阿拉伯特有的薄荷茶。在这个国度，味蕾的需求从不会落空。

我行走在突尼斯的街头，欣赏那些精美绝伦的门。有一天我终于推开了其中的一扇，看到了一个崭新的世界。

• • •

初到突尼斯／探寻神秘的杜加遗址

海关柜台的另一侧，留着络腮胡的突尼斯工作人员拿着我的护照核对了三分钟之久。镜片后那双目光锐利的眼睛不断打量我，指节分明的手指划着我护照上的中文拼音，和计算机屏幕反复比对，一遍一遍地念。已经出关的先生离我只有三米远，他关切地向我这个方向张望，而停滞在海关柜台前的我，觉得和先生有着不可逾越的界限。

“先生，我这里有打印出来的出团通知书、行程单、酒店订单等。你想看什么文件我都可以给你看。”我换了一个站立的姿势，用英文与他对话。

“稍等，你先站在这里不要动。”他并没有回答我，而是起身走向了一个小办公室。

到底发生了什么事？我心里直犯嘀咕。此时一个身材高大，西装革履的男士向我走来——他的长相不似阿拉伯裔，看上去倒像一个欧洲人。我想他的祖上可能是北非与欧洲混血。他手上拿着一张皱巴巴的纸，不让我看是什么，只让我跟着他。我们走到一间办公室门口停下。

“你为什么来突尼斯？”

“突尼斯对中国人免签了，我喜欢摄影和旅游，我过来旅行。”

“你的职业是什么？”

“我在一家企业工作，我的职业与财务相关。”

“你在本国的户籍在哪里？住在哪里？”

……

就这样，我不明就里地被问了近 10 个问题。我终于按捺不住，问他：“先生，到底发生了什么事情？我这里有足够的文件，如果您看我的护照，上面也有很优良的出境记录和好几个其他国家的有效签证。我的地接出团通知书上有突尼斯导游的电话，您可以打电话给她来确认我的出行目的，我真的只是来旅游的！”

他还是不正面回答我的问题，皱着眉头非常严肃地跟我说：“站着不要动。”

我的额头开始冒汗，一种不知道发生了什么的担忧渐渐涌上心头。从上海到北京到伊斯坦布尔，最终抵达突尼斯。加上转机时间，我已经历了30个小时的飞行。旅途奔波换来的是被拦在了海关门口。之前出境记录一直良好的我难道会被阻挠，不让进关？

我背着重重的相机包，手里拿着空护照包——此刻我的护照还在那位先生手中。机场内的钟表，一秒又一秒地在我眼前摆动，像从我的心坎上碾过一样。先生忍不住走到我身边。我迷茫地看着他，也说不清到底怎么了，他握着我的手不停地安慰我：“我们出境记录这么好，一定没事的。”

又等待了像一个世纪那么久，我担心机场外的导游该等得不耐烦了。此时穿西装的欧裔男人向我走来，把护照还给了我，对我说：“女士，你可以出关了。”

我松了一口气并礼貌地问他：“先生，您能告诉我刚刚发生了什么事吗，我非常好奇。”他耸了耸肩，严肃的脸庞上第一次对我展露了微笑：“你的名字和我国黑名单中的一位女士非常像，我们刚刚把你的背景调查了一下，发现你们是两个人，所以现在你可以走了。”

若有人留意，会发现我离开的步伐非常急促，好像逃难一样。出机场前要再次过安检，我又被拦了下来。一位健壮的、穿着工作服的女士对我说："你相机包里的相机都属于你吗？你是记者吗？"

此刻的我不敢再惹上任何麻烦，我拉着先生的手跟眼前这位工作人员说："我们两个人来旅行，两台单反相机，一人一台，还有台迷你相机只图个轻便。"总算，她点了点头，放我们出行，我深深地松了一口气。

拿完行李后，我终于在机场见到了我的当地中文向导Vivian。在鲜有华人的突尼斯机场，她穿着棕色毛衣，有一双像小鹿般明亮的眼睛和温柔的脸庞。六神无主的我看到她像见到亲人般亲切。她也一眼认出了我，热情地和我打招呼，我们深深地拥抱了一下："对不起！一定让你久等了，我们过海关的时候被耽搁了。"

出发前我便知道，突尼斯是一个陌生却有着悠久历史的国家。这里有璀璨的人文历史和精彩的传奇故事。为了更好地了解它，我指定要一个中文向导。我在出团书的要求栏中只写了一句话："熟知当地风俗，喜欢聊天。"

就这样，上天把 Vivian 这位天使送到了我身边。她在俄罗斯学医七年，在那儿认识了同为留学生的突尼斯男士，并双双坠入爱河。毕业后他们回到突尼斯成婚，Vivian 成了一位定居突尼斯的中国媳妇。我们俩一见如故，相谈甚欢，在旅途的最后两天已亲如姐妹，分别时依依不舍。

“没事没事，你们出来得算是快的了。我曾经碰到一个摄影团，出关的时候被耽搁了4个小时，就因为他们带了不被允许入境的很多摄影设备和无人机。后来还是我进去为他们协调的呢。”Vivian微笑着和我说。

此刻我注意到Vivian身边还站着一位留着络腮胡的阿拉伯裔男士。他自我介绍时说了一串长长的名字，我顿时愣住，怯怯地问他有没有小名。Vivian亲切地拍了他一下，说：“就叫他东东吧。”

“东东是我们给他起的昵称——叔叔的意思，你看他大肚子、大胡子，多亲切！我们朋友间都这么叫他。”Vivian又说道，“在突尼斯，跟着当地团旅行有很严格的规定。法律要求必须要有当地的司导全程陪同。停车场还有一位司机等着我们，所以这一次我们有三个人全程服务你们哦。”

我方才还被过海关的情景惊得心神不宁，瞬间变得非常开心——觉得自己是尊贵的客人。要知道，我们的当地团费是一价全包的，价格很便宜。这个阵容无异于是我们两个人旅游，却有五个人出行，这样的性价比让我觉得突尼斯的旅游价格真便宜。在Vivian和东东的帮助下，我们很快办理好了电话卡，又换了当地现金。带着对这个国度的好奇，我们一行人开开心心地出发，开始向北部行驶。

我们的第一站是杜加古城。抵达古城时，天空飘着蒙蒙细雨。薄雾蒙蒙的像晕染的水墨画，飘浮云则像大鸟的翅膀般拥抱着山头。我至今无法忘记，第一眼看到矗立在山头的古城时内心的震撼。残垣断壁却不失伟岸，宛若气势恢宏的画卷。岁月将石头染成了黄灰色，在雨水的冲刷下显得无比苍凉。一位戴着红帽子的老人倚靠在凹凸不平的墙边，睿智的眼睛遥望着远方。

杜加，这里曾经是罗马人的粮仓。

罗马和希腊的遗址通常被围在围栏内，这里不同！在古城内漫步时，我可以近距离地抚摸每一块石头，它们向我诉说千年前这里的热闹与繁华。我甚至还能清晰地看到围墙上至今还留着的插入拴马木头的凹洞。

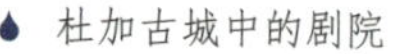
杜加古城中的剧院

古城邦中的剧院和神庙保存得还算完好。我爬到一个制高点俯瞰整个剧院，这座雄伟的建筑建在山坡之上，传承了古希腊剧院的遗风。建筑分为两部分：一部分是由石头砌成的十几层观众台，有演出时人们从中间石阶拾级而上，依次入座。观众台的形态像两只展开的手臂，环绕着正前方的舞台。

位于地面的舞台在圆形剧院的另一侧，如今还遗留着高高低低的罗马立柱。可惜千年的风吹雨打摧毁了曾经美轮美奂的喷泉雕塑。可以想象，在遥远的年代，基斯特里奥（表演者）在喷水池前，佩戴着代表人物性格的面具，演绎剧情的场景。

杜加古城的神庙

舞台正中有一个圆形的台阶，站上去说话或演唱，声音便会格外响亮，与舞台中增加音量的设施有关。建筑左侧有一小堵墙，墙体中有一个洞，仿佛开了一扇小窗。Vivian 问我：“你猜它的功能是什么？”我揣摩了半日也回答不上来。原来它的功能是消音，古时临上场的演员演练台词时，都会站在这里。哪怕他们大声朗读，观众也无法听到。

从剧场向下走，我发现无论从什么角度都能看到矗立在山坡最高处的古罗马神庙。我从剧场与神庙的建筑风格揣测，杜加古城应是公元前的城邦，那时候的古罗马神学与建筑还留着古希腊的遗风。神庙永远是一座城邦中最重要的建筑：它不但坐拥最好的地理位置，还承担着祭祀、祈祷来年风调雨顺的功能。

神庙前的四根大理石神柱支撑起了三角形的门楣，门楣上精美的雕刻还依稀可见。它的名字叫朱庇特神庙。这座神庙很特别，同时供奉了三个神，分别是宙斯、天后赫拉与他们的女儿维纳斯。只可惜经过几轮政权更替，宗教改换，大理石铸成的神像雕塑早已被摧毁。如今，我们只能看到散落在地上的一些大理石铭文及残存的艺术品。

令我印象最深的是神庙外的广场。大理石的地上能清晰地看见一个圆环。这个圆环像钟表一样有 12 个刻度，上面雕刻着古罗马文，圆环的中心也有标记。听了讲解之后我才得知，旧时在每年固定的时候，每个刻度前会站一个身披长袍、手执火把的女祭司，她们代表风神。女祭司站在圆环中对天吟唱古老的祭祀歌谣。前来观礼的民众会跪在神庙周围，默默祈祷来年风调雨顺。真想亲眼见到这一场面，那该是多么庄严又盛大的典礼啊！

离开这两座保存相对完好的主建筑，我们依循着考古学家的足迹开始探索古城。杜加古城在鼎盛年代，曾居住着八千到一万人，市政厅、集市、浴场等公共设施应有尽有。达官显贵的居住地靠近山顶神庙，庶民则居住在山脚。根据讲解，我们找到一处富人家的庭院，古杜加的富人会在庭院中建个小喷泉，铺上马赛克地砖，在夜里和全家人一起赏月听风。

古城有两个浴场，第一个公共浴场占地面积大，入内还能看到精美繁复、色彩鲜艳的马赛克地砖，马赛克在古罗马被称为永不褪色的地毯。几千年后的今日，看到这些美丽的地砖、顶天立地的石柱、被雕刻得栩栩如生的石像，我在想象中还原当年的奢华。浴场的主体建筑呈长方形，两边对称，纵轴线中分别有热水厅、温水厅与冷水厅。两侧各有入口和更衣室、按摩室、蒸汗室，以及供人涂抹橄榄油、擦肥皂的空间等。各厅室设施可谓一应俱全。

古城中的另一处浴场，小得有点意思。低矮的墙体只以一个小洞为窗，里面的路如迷宫一般复杂，并不如前一处浴场那般奢华大气。但细细观察可以发现，小浴场旁的一扇门的地面上有一个图腾，这个标识让考古学家恍然大悟，原来浴场通往寻欢之所，怪不得要如此遮遮掩掩。

一个 U 形的石头公共厕所也逗乐了我，在那个时代，百姓要

杜加古城与老人

上厕所，还得按等级尊卑，依次占蹲位。顺序就按水流的方向来定，最尊贵的人才能占水流方向最前端的位置。

微雨凉风之中，古城居然只有我们这一队旅行者。临走前我站在城门入口回望，看着山坡上的古城遗址，想着它曾经的繁华与现在的苍凉，只觉得恍若隔世。时光变迁，这座老城早已成了世界文化遗产，也成了我们研究古罗马人生活的活化石。它至今仍留有很多未解之谜，等着考古学家们研究发现，如象征最高等级的神庙并不位于古城的中轴线上，这让大家对这个古城曾经的占地面积产生了好奇，也许今日我们看到的山坡上的遗迹，并不是古杜加的全部。

在每年的4月，杜加古城会开满野花，与饱受岁月洗礼的大理石相映成趣，让人同时赞叹浮华与质朴。

• • •

在杜加小憩后，我们来到了位于突尼斯东北部的内陆城市凯鲁万。公元800—909年，阿格拉比德王朝在这里定都，此后凯鲁万作为一座在历史上具有重要地位的都城崛起。

天晴如洗，我们登上一座阿拉伯风格的建筑，在二楼向外眺望发现，中轴线左右各有一套体型巨大的阿格拉比德蓄水池。Vivian告诉我，凯鲁万又名阳光之城，一度非常缺水，于是百姓们在城市中建设了15套蓄水池。蓄水池分为一大一小，小池积蓄雨水，水满之后会源源不断地流入大池。古人非常聪明，他们会用牛皮盖在大池上，形成一个穹顶以保护水源。旱季时水池中所蓄的水能满足整个城市的生活需要。在蓝天的映衬下，水池中的水清澈得像一汪碧蓝的湖水，圆形的池壁围着一圈间隔有序的凸起物，它们的作用是防止池壁热胀冷缩。看着眼前古都仅存的两套蓄水池，我不由得惊叹，人类文明在古时候真是发达得令人敬佩啊！

露台上有一位卖仙人掌油的老爷爷，面相慈祥。看着他灿烂的

LYCEE PILOTE CARTHAGE

阿格拉比德蓄水池

笑容，我都不忍心拒绝试一试那神奇的精油。精油涂在手上果然非常滋润，我买了几瓶，问能否和他合影，他欣然接受，那张灿烂的笑脸，让我至今难忘。

他告诉我，凯鲁万有一位名人，名唤西迪·撒哈卜。这位圣者是穆罕默德的理发师与亲密的信徒。在西迪·撒哈卜离开时，穆罕默德给了他三根胡须作为礼物，他便把这三根胡须带到了凯鲁万，因此西迪的陵墓又被称为胡须陵。

我怀着敬畏之心走入陵墓，映入眼帘的是令人眼花缭乱的瓷砖画，这些瓷砖画十分精美。我非常沉迷阿拉伯的美学，他们的艺术家从不为任何一位人物画画像或做雕塑。这种不受约束的艺术形式

凯鲁万老人

给了艺术家们极大的自由发挥空间。工匠们用自己脑海中的颜色填色，用自由的线条描绘，从而创作出不朽的作品。这种创作自由也使阿拉伯文化更具丰富性与多变性。我从未看到过一模一样的花纹与配色，但无论艺术形态如何变化，它给人的感觉是永恒的和谐与震撼。

我看到每一块瓷砖下面都有一个签名，问 Vivian 这代表了什么。她告诉我，胡须陵的瓷砖是由不同的家族烧制的，在烧制之前，他们聚在一起，为瓷砖的配色思考了一个主题：黄色代表撒哈拉，白色代表天空，蓝色代表大海，绿色代表穆斯林，然后每个工匠家族以自己的审美去尽情描绘图案，最后制成瓷砖，装饰这座美丽的陵墓。

与色泽鲜艳的瓷砖形成对比的是它上方的白色镂空的石膏板，一个个小洞排列成万花筒般的图案。我惊讶地发现，雪白的石膏板上变换着彩色的光影，原来智慧的工匠在穹顶放了几块琉璃，琉璃在阳光照射下，色彩变得艳丽、迷幻。光影在阳光的作用下在空间内随机出现，好似和人捉迷藏一般。胡须陵不大却美得精致，若是在阳光下铺一块地毯，在此静坐片刻，也不失为一桩美事。

离开胡须陵，我们来到了凯鲁万热闹的街头。我发现突尼斯的北部已经非常现代化，街头巷尾的人们穿着时尚的服饰，热情又善于聊天，见到我的相机镜头就往我这边凑。很多可爱的孩子，还主动要求和我合影。

胡须陵

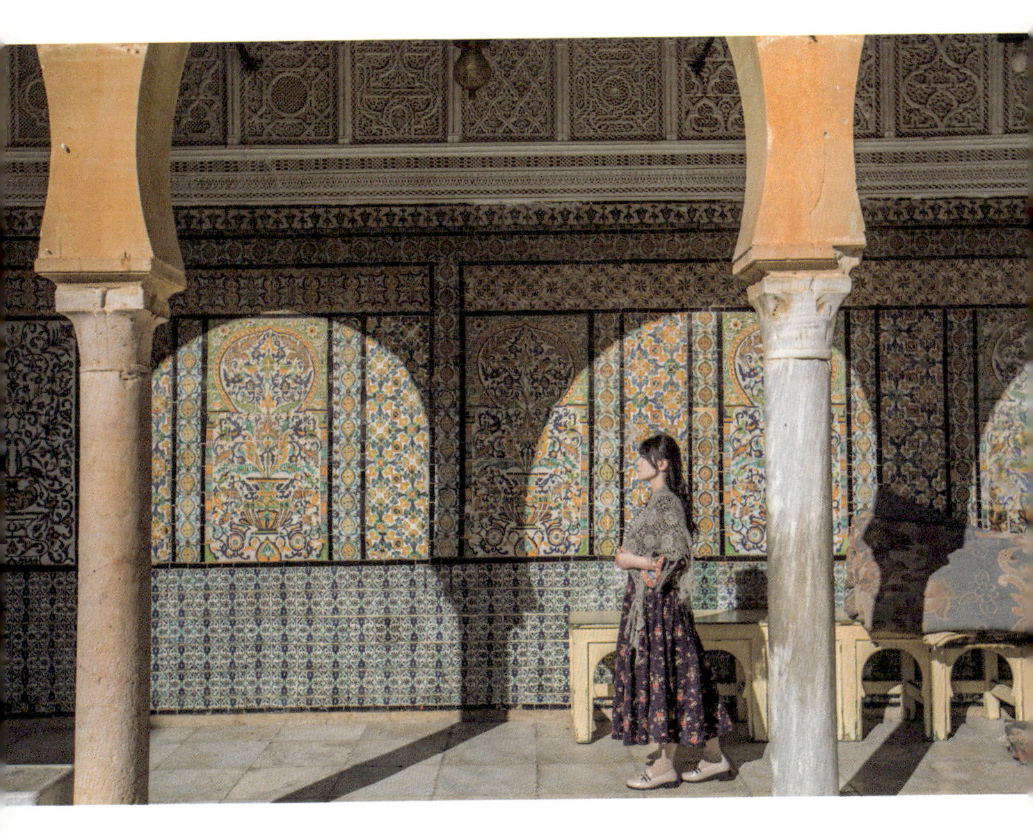

胡须陵的彩色瓷砖墙

当天我们正巧碰到一个集会。当地人的摊位上摆放着新鲜的水果、蔬菜，还有些摊位上摆放着日常服饰。集会市场中播放着热闹的阿拉伯风情音乐，喧闹中掺杂着鸡、鹅的叫声。女人们叽叽喳喳地聊天，不着急卖东西，倒热衷于与熟人聊家长里短。一个戴帽子的老人和摊主砍价砍得非常高兴。Vivian和东东很高兴能碰到一场热闹的集市，他们让我们随便逛逛，而他们两个人则兴致勃勃地去看有什么新鲜的蔬菜值得买，如果有，可以带给家人作为晚餐食材。

我走在街道上，时不时听到摊主对我说："过来看一看，不用你买，拍张照也行。"茉莉的清香、生姜的辛辣，充斥着我的鼻腔。民宿屋檐下的窗棂铺满马赛克，猫咪慵懒地走过，轻轻一跃，跳到了花坛中，晒着太阳睡觉。老城的街道以白墙为主，但每走几步，造型繁复的蓝色铁窗、钉满铁钉的圆形拱门便会在不经意间出现在道路的下一个转角。我觉得，一场走心的旅行不应奔波于景点之间，而是应该走进当地人的生活，去体会不同的生活方式。

沿着市场的路走到头便是奥格巴清真寺，一位戴着白色小圆帽的老人吸引了我的注意力——他有着浓密的眉毛和深邃的目光，瘦削的脸庞上留了一圈唇须。他笑着和我打招呼，让我去看他卖的特色小吃，并递了一颗椰枣给我。椰枣的外表黝黑不起眼，外形比我家乡的红枣略长。我轻轻咬上一口，果然肉质肥厚，甜而不腻。我连称好吃，忍不住买了一包。

他又递了两颗给我尝，我不好意思地跟他说："吃一颗就够啦，待会儿我还要去吃午饭。”

“女士，你有所不知，我们阿拉伯人吃椰枣只吃单数，最多吃七颗。椰枣是大地赐给我们的最珍贵的食品，不但营养丰富，还适合空腹吃。”他笑起来的时候，笑纹从眼睛蔓延到下巴，有一种莫名的亲切感。

见我认真地听着，他起了聊天的兴致：“斋月时，太阳落下，我们吃的第一种食物必定是椰枣，它既能保护我们的胃，又能及时提供能量。老人、小孩、产妇这些需要营养的人，吃椰枣胜过吃补药。”

我与老人正聊得起劲时，Vivian 过来寻我：“Yoki，我们的右边就是奥格巴清真寺。就是那座淡黄色的建筑，别看它朴实无华，却有 1300 年的历史，是北非最古老的清真寺呢。”我与老人道别，并给 Vivian 看了我买的椰枣。她见我喜欢的样子，又说道：“突尼斯北部的椰枣还不算特别好。我们的旅程会一路南下，到南部小城托泽尔的时候，我带你去找最好的椰枣——手指光！那椰枣的品相可好了，在灯光下看，椰肉透明，形状像一根手指一样，是突尼斯最好的椰枣品种。”

凯鲁万的艳阳把人照得暖烘烘的，户外播放着悠扬的阿拉伯音乐，我和当地人一样坐在户外看着街景，吃一顿午餐。我点了一份闻名已久的突尼斯国菜——库斯库斯。店家为每一桌客人准备了小食。餐盘有三个凹槽，分别装了鹰嘴豆泥、橄榄果和辣椒酱配初榨橄榄油。我不喜辣椒酱和橄榄油的搭配，单独要了一份初榨橄榄油。搭配的面食可以是阿拉伯馕，也可以是法棍。我拿起阿拉伯馕蘸了一些淡绿色的橄榄油，送入口中，发现橄榄油中还加了些蜂蜜。当地人告诉我，这是典型的突尼斯人的早餐吃法。我惊讶于初榨橄榄油的新鲜融合了蜂蜜的清甜，淡淡的橄榄果香扑鼻而来，很开胃。之后几天我们行驶在突尼斯的公路上才知道，这个国家广泛种植着阿拉伯橄榄树，这些橄榄树要种五年才能成熟结果，却能连续百年产出橄榄果实。

突尼斯的正餐讲究慢食。饮料、前菜、主食、甜点，秩序有条不紊。与先生闲聊时，主菜库斯库斯上桌了。它的整体颜色是黄棕色，除了搭配的虾、鱼、羊肉外，一根被炸得油光锃亮的青椒躺在黄色之上，这抹绿色成为整道菜的点睛之色。青椒并不辣，厨师用油焖的烹饪方式赋予它鲜味。

我尝了一口库斯库斯，与生姜、大蒜和洋葱一起熬煮过的小麦，入口绵柔，接近小米的口感。炸青椒是柏柏尔人的拿手好菜。姜是这个国家最爱用的香料，它口味微辣，能驱寒，各种菜肴中都不难见到它的身影。羊肉的新鲜程度自不用说，一路上我看到突尼斯的羊群都是散养着的，羊肉入口后没有一点膻味。吃海鲜是迦太基王朝留下来的习俗，迦太基是航海大国，鱿鱼、大虾、吞拿鱼都经常被拿来入菜。

小小的一盘库斯库斯，综合了这个国家不同时期、不同民族的习俗，我品尝到的不只是美味，还有文化的交融与传承。

椰枣

库斯库斯

• • •

托泽尔／迷人的沙漠砖瓦小城

美美地享用了一顿午餐后，我们一行便要一路南下，去往沙漠中的绿洲城市——托泽尔，我们的撒哈拉探索沙漠之旅由此开始。这几天我们都在突尼斯的北部活动，Vivian 问我对这个地区的印象。我觉得突尼斯北部很文明，很开放，与其他现代化城市并无什么两样。民众受教育程度也很高，几乎每个人都会说几国外语。显而易见的例子，Vivian 精通俄语、法语、阿拉伯语、英语与汉语，东东会说西班牙语、英语、德语与阿拉伯语。在这里和当地人用英语聊天毫无沟通障碍。与北非邻国不同，这里的人喜爱拍照，他们很愿意凑到相机前，让我为他们留下一张照片。有古罗马遗风的杜加古城、安达卢西亚风格的小镇、典型的伊斯兰城邦，不同的风情在北部都能找到且能完美相融。

之后的几日我们将探索从地理环境到人文风情都与北部截然不同的南部文明。经过半日的奔波，即将到达位于突尼斯南部的撒哈拉绿洲城市托泽尔。

一进入托泽尔的古城区域，我的视线再也无法从街边建筑上移开。所有的房子、雕塑、围墙，都由方形小砖堆砌而成，这些小砖是这个城市的符号与名片。14 世纪的一位公主发明了它，砖内含有就地取材的椰枣灰，整个古城中再也没有另一种建筑风格。方形砖通过排列组合变换出了各种不同的形状，菱形、心形、圆形……在建筑师的巧手下随意变换。它们是那么简单古朴，却富有创造力。

走在古城中，我仿佛从时光的另一头穿越而来。这里没有一丝一毫现代化城市的气息，一切都是原来的模样。也许在 50 年前，这里的人就穿着传统服饰，在椰枣丰收的季节，赶着驴车把收获了的果实送往市场。而在今日，路边依旧传来“踢踏踢踏”的声音，驾驶着驴车的人，将自家的地毯与草帽拿去集市卖。此情此景让我觉得，这里的时间在延续，空间却停留在原地。托泽尔的小街上，穿着宝蓝色衣裤的贝都因人从我身边经过。他们的脸庞轮廓分明，额头上还点着红色的朱砂，眼睛像老鹰般锐利。他们桀骜不驯，是沙漠中不折不扣的游牧民族。

托泽尔小城

现在正是椰枣丰收的季节，家家户户把它拿出来卖。店铺的男主人并不急着做生意，他在烈日当空的中午，悠闲地在自家的店铺中抽水烟。戴着白帽的老人，裹着黑纱的女人，还有一辆慢吞吞地行驶着的拖拉机上坐着的近十个男人，各个怡然自得，按着自己的节奏生活。这些人、这些事，不出来旅行的话，我不可能看得到。

这才是旅行的意义。一场精彩的旅行就是要走得够远，才能了解更多异域风情与民族特色。

我好奇地看着生活在这里的人们，而当地人也好奇地看着我。他们问我来自何方，得知我来自中国后热情地招呼我，告诉我在卖地毯的小巷子里藏着一家卖焖罐羊肉的饭店，那家店铺的历史已超过百年。

在突尼斯南部靠近撒哈拉沙漠的地区，焖罐羊肉是一道特色菜。店家会将羊肉搭配土豆、胡椒、青椒、番茄等放在陶制的焖罐中焖烤。

服务生端上焖罐羊肉，我就看到瓦罐上有一些烧烤后焦灼的印迹，他用一根小棒将瓦罐戳开，顿时香气四溢，袅袅蒸汽从菜中缓缓上升，令人垂涎欲滴。

羊肉被浸泡在简单的调料中，经过时间的沉淀后十分入味，焖烤过后更是酥嫩无比，入口即化。土豆和番茄绵软鲜香。真没想到，在这样一个古老的小城能吃到如此美味的菜肴。

焖罐羊肉

这一夜，我们在托泽尔睡下。这个城市的砌砖艺术在卧室内得到了延续，床后的一面墙便是用砖砌成的漂亮菱形。打开窗，弯弯的月牙高高地挂在椰树上空。关上窗，煤油灯的光影投射在砖瓦上。闭上眼，不由得傻笑了起来，我这是活在了《一千零一夜》里啊。

• • •

车比卡绿洲 / 沙漠中的一汪碧泉

起床时繁星还挂在淡墨色的天空中，我们要出发换车，往沙漠深处去。来撒哈拉前，我以为大漠是延绵不绝的黄沙，沙丘起伏如少女美妙的胴体。当我真正接触到它时才知道，大漠有着不同的形态。

岩漠，也称山地荒漠，是荒漠区岩石裸露的山地。岩漠中植物稀少，景色荒凉。砾漠，是砾石荒漠，地表几乎全为砾石，地势起伏平缓，偶尔有骆驼草覆盖。沙漠，是地面完全被沙覆盖，雨水稀少，空气干燥。

我们的四驱车行驶在通往沙漠的唯一道路上，璀璨的星星消失了，一抹似紫似红的彩霞像一匹丝绸把我们完全围裹，我们沉醉在这无边无际的美妙景致中。第一站是车比卡绿洲，那里曾经是浩瀚的大海，由于地壳的造山运动，这里由大海演变成了山坡。在它的地表上，人们还能发现珊瑚与贝壳类的化石。道路的尽头，一抹金色的阳光藏匿在郁郁葱葱的椰林之中，车子每转一个弯，我们就能与这道光邂逅，它像一个精灵，指引着我们前行。

在最后一次拐弯后，橙红色的车比卡绿洲映入了我们的眼帘。它是一个膏腴之地，阳光充足，在阿拉伯语中的意思是“太阳的城堡”。这里能长出最好的椰枣，大名鼎鼎的“手指光”便产于此。

进入车比卡绿洲后，我们下车徒步，从绿洲走过沙地，眼前出现戈壁风光。人在大漠中行走非常耗费体力，贴心的 Vivian 带我们去了驿站小憩。颇有心思的柏柏尔人，在简陋的店铺前挂满了彩色的布条。这些布条以戈壁为背景，随风摇曳，颇有一番风情，为这广袤的沙漠增添了绚烂的色彩。

车比卡绿洲

小店里的椰枣、石榴汁、馕饼都让我垂涎欲滴。柏柏尔人烤饼手艺是一绝。他们将小麦粉研磨得极细，做成饼，里面会添加羊肉、辣椒酱与洋葱。店铺老板亲切地跟我说："快来尝尝我们的馕饼！我每天都要烤好几炉，吃过的人都爱这口味。"我撕下一块放在口中咀嚼，因为高温的烘烤，馕饼起了一个个气泡，咬起来很筋道。饼内的馅料鲜美，与外皮的酥脆相得益彰。我笑得眼睛弯成了一条线，跟老板说："真是好吃！"行走在沙漠中的劳累，在这道简单的美味中消失得无影无踪。

离开驿站后，我们前往电影《星球大战》《英国病人》的拍摄地。这个地方有一个很长的名字——昂克艾日迈勒。迎面走来一位皮肤黝黑的少年，大大咧咧地笑着，他的手上抱着一只嘴巴尖尖、耳朵大大的棕色小动物，这里的人叫它"阔耳沙狐"，少年对我说："给我一个第纳尔吧，我能让你抱抱它。"

我对所有毛茸茸的动物都没有抵抗力，因此高兴地给了少年钱。刚想接过沙狐时，Vivian 一把拉住了我的手，皱着眉头严肃地对我摇了摇头，说："不要碰它！"

我谨慎地收回了手，出于对 Vivian 的绝对信任，我对少年说我不抱它了，但我请求给它拍两张照片。少年欣然答应。从相机的取景框里，我习惯性地对动物的眼睛对焦，这让我清晰地看到了沙狐的眼神——狡猾、烦躁，甚至带着一丝憎恨。它被少年以极不舒服的姿势抱着，大大的耳朵竖起，粗粗的尾巴迅速地摆动着。

我忽然明白了为何 Vivian 要阻止我。这些沙漠里的精灵不幸被人类捕获，沦落为赚钱的工具，心里一定是很不愿意的。我瞬间没有了拍它的兴致，和少年说：“可以了，我不拍了。”

少年放下沙狐，沙狐以迅雷不及掩耳的速度跑向了沙漠中的一户人家，一根金属的链条还束缚着它的脖子。沙狐跑走时链条滑过沙子，留下了浅浅的痕迹。我忽然为人类的自私而感到羞愧，撒哈拉中的动物原本就应该属于这片广袤的土地，它们才是这片土地最早的主人。

离开前，Vivian 对我说：“你的想法是对的，这些本是野生

沙漠里不羁的沙狐

的狐狸，还有着天生的野性，我刚才很怕它咬你。你不要觉得人类是一切的主宰，我带过的客人，有的不听我的话，执意要在沙漠中的陌生线路上徒步，结果被毒蝎子咬了，疼得几天生活不能自理。尊重自然，敬畏自然，是每个旅行的人应该秉持的原则。”

我们当晚在沙漠门户杜兹歇息。听说在每年的 12 月底，撒哈拉沙漠的游牧民族会聚集在这个小镇，举办撒拉节。大家穿着绚丽的传统民族服饰，奏响鼓乐，带着驼队，在沙漠中彻夜狂欢，其中重要的一个环节是骆驼赛跑。别看平时骆驼温柔、敦厚，比赛中，它们在穿着民族服饰的勇士的驾驭之下能急速飞跑。

大漠每天的形态都不一样。当日我看到公路旁一簇簇蓬草野蛮生长于黄沙之中，那是不畏酷热的沙漠之草，因为它的存在，沙漠人最重要的朋友骆驼便有了赖以生存的食粮。

我没想到在这样的荒漠之中，竟能遇到一家咖啡馆。几根刷成蓝色的细铁条支撑着建筑主体，墙壁与屋顶的材料由蓬草与椰枣树干组成。主人在棚屋旁放了一些桌椅，在金色阳光的照耀下，桌布透出温柔的反光。一个小女孩机灵地走向我，问我要不要来一杯石榴汁或薄荷茶。

天哪，她是我这辈子见过的最美丽的女孩！褐色的头发自然弯曲，垂在耳边，头上戴着一顶白色的绒线帽子。虽然是在物质贫乏的地区，但她的母亲精心编织了粉红色的毛衣给她穿，让她看上去非常干净得体。最令我难忘的是这个小姑娘的大眼睛，她的眼睛里有着星辰与大海，看上去是那么清澈透亮又惹人怜爱。她看到陌生的我一点都不害怕，嘴角带着微笑，眼里透着信任。

她的母亲向我走来，我不停地夸赞她的女儿是如此的美丽。中年妇人很是高兴，说：“是啊，她是我们全家的小天使，他的父亲去北部打工了，常年不在家，她陪着我在沙漠中开店，我们卖些沙漠玫瑰，也提供一些饮料。”

“她应该到了读书的年纪吧，她长大后，你希望她做什么呢？”我和中年妇人攀谈起来。

妇人的眼里透出一些期许又有一丝惆怅：“明年我就要把她送到北部去读书，突尼斯能免费教育孩子到大学。我不能让她像我一样，一辈子待在沙漠里，可惜到时我就不能经常见到我的小天使了。”

在妇人的允许下，我为女孩拍了一组照片。拍照的时候，女孩灵动的眸子从没有离开过我的镜头，我被那双眼睛深深地吸引了。因为太喜欢这个女孩了，所以我回到车里拿了一些小包装的糕点想要送给她。女孩的笑容越发地灿烂，却一时不敢接过去，水汪汪的眼睛看着她妈妈。她妈妈点头后她才高兴地把糕点握在手中。

小憩时光总有结束的时候——我们得继续上路了。上车后我看了下咖啡馆的方向，女孩还站在那里，挥手和我们道别。不知何时我会再回到撒哈拉。那时候这个女孩应该正值青春年华，奔跑在人

沙漠里的突尼斯女孩

沙漠里的骆驼队伍

生的道路上了吧。今日一别不知再见是何年，正是我当时的感慨。

车子在路上行驶了片刻，我们又邂逅了行走在沙漠中的驼队。远处传来叮叮当当的驼铃声，悠长而清脆。赶驼人手中拄着一根拐杖，缓慢地走在驼队前面，在无边无际的沙漠中走出一条无名的路。骆驼从出生那一刻起，便将生命交付给了沙漠，它们生于斯也死于斯。有些被人类圈养，步履缓慢，喘息沉重，不仅要背负沉重的行李，还可能会成为人类的食物。也许在不经意间，你就会踩到一只骆驼的白色骨架。希望在另一个轮回中它可以成为一只自由自在奔腾在沙漠中的野骆驼。

• • •

艾尔 · 杰姆斗兽场与迦太基遗址 / 时光在哭泣

告别了广袤的撒哈拉沙漠，午后我们抵达了艾尔 · 杰姆斗兽场（Amphitheatre of El Jem）。

法国文豪福楼拜评价艾尔 · 杰姆斗兽场为“罗马帝国在非洲存在的标志和象征”。它不但是当今世上第二大斗兽场，也是保存最完好的。它的外部圆弧比罗马斗兽场保留得完整，拱廊相连，甚是壮观。门前站立的几只骆驼将北非风情展示在我们眼前，街头饭店播放着悠扬的民族音乐，带着红帽子的老人拄着拐杖悠闲地走过，养骆驼人询问游客是否要骑骆驼，岁月静好的景象抹不掉竞技场在历史上发生的血腥往事。

斗兽场的残垣看上去恢宏壮观，由四层楼组成。若将时光轴转到 1700 年前，苏赛城的国王、贵族、平民、赌徒都热衷来此寻求刺激。尽管看比赛不需要付钱，但四楼的赌场庄家却有本事赚得盆满钵满。

站在斗兽场正中央，我仿佛听到了当年看台上衣着光鲜的取乐者们或叫好喝彩，或失望咒骂的喊声。与此对应的是被关押在斗兽场中的奴隶们绝望的厮杀声与发自喉咙深处的对命运不公的号叫。

进入斗兽场的底部，幽暗阴森的感觉令我至今难忘。两边各有石头砌成的牢笼，分别用于关押奴隶与野兽。两者唯一的不同之处是，关野兽的石洞中有喝水的水槽。野兽在上场前必须让它保持饥饿，我清晰地看到了石墙上深深的爪印。

沦为斗士的奴隶，他的余生只能在不断地厮杀中度过，只要出战，就有一方可能被杀死。就算他有幸在对决中存活，也有无休止的下一场决斗等着他。当竞技场下方的木板将人或兽徐徐升起时，场上会响起鼎沸的欢呼声。斗士最害怕的不是野蛮的公牛或仇敌，而是家人站在他的对面。

斗兽场反映出人性的悲哀与野蛮，那是我不能承受之重。

艾尔·杰姆斗兽场

那日的行程可谓世界文化遗产之旅。艾尔·杰姆斗兽场是一座矗立在历史长河里的活化石，与之对应的苏斯老城还流动着巨大的生命力。它们同为世界文化遗产，给我的震撼与感受却迥然不同。

苏斯老城的入口充满小清新风情——白墙、蓝窗、橘子树，一如我看到的诸多地中海小城。带着一丝好奇与探索之心，我穿过窄窄的街道与拱形的圆门，看到了多姿多彩的苏斯老城。老城始建于11世纪，腓尼基人、罗马人、拜占庭人和阿拉伯人都曾在这座"富饶的城市"定居并留下他们的遗迹。我在老城窄小的街道中，被阿拉伯瓷砖与贝壳灯迷得眼花缭乱。

一扇不起眼的门后面藏着一家拥有百年历史的阿拉伯咖啡馆。里面还真是别有洞天，地上铺着精美的羊毛地毯，马赛克椅子上铺着草席，大家或坐或躺。

咖啡馆门口坐着一位沉浸在自己的艺术世界的年轻人，Vivian告诉我，她每次来都能看到他在作画，也许他在等待一个懂他艺术灵魂的客人，把他的画作从千年老城带回去摆放在家中的客厅。

当你经过一扇窗户时，往里面探一探，也许能看到梳着得体包头的理发师在认真地给邻居剪头发，抑或是裁缝店老板一家其乐融融地在吃晚饭。猫咪趴在摩托车上打盹，老人拄着拐杖出来买菜……这一幕幕充满世俗风情的画面，不知为何在我脑中久久不散。

世界文化遗产中最动人的地方，不仅是那些经过历史洗礼的陈砖旧瓦，还有老城中人们不变的生活方式与爱。

去过西班牙安达卢西亚的我，对那儿的“门”的艺术流连忘返。常常一个人拿着相机，恨不得把每一扇色彩斑斓、形态优美的门都拍下来。我曾经以为那一抹风景必须回到西班牙南部才能重温，没想到在突尼斯邂逅了比之毫不逊色的“门”文化，这也是此行的一大惊喜。

我流连于每一扇美丽的门前。细细品味，这些或优雅或明媚的大门藏有的小细节。在突尼斯，门象征着财富与幸福，也是自家房屋展示给外人的第一个印象，建造时绝不能马虎。此行见到的门以三种颜色居多，分别是蓝色、黄色与棕色，这三种颜色多用于私人住宅。在杰尔巴岛见到的博物馆的大门是绿色的，因为绿色与红色多用于公共建筑。

许多大门有金属质感的装饰，主人用精巧的排列组合表达自家的信仰。对开门通常会有三个铁环门把手，它们各有各的用途。右边的铁环是外客拜访时敲门用的，相传这一设计是为了方便贤良的突尼斯女主人整理好见外客的仪容后再去开门。左边有两个门把手：上方的铁环是给自家人或女性访客使用的；下方铁环距离地面较近，是给孩子用的。贴心周到的设计不但实用，而且非常人性化。

突尼斯人用色彩与线条描绘了藏在细节之处的大美，一如这个

苏斯老城的裁缝

国家的国花茉莉花一般，素雅却芳香。无处不在的突尼斯大门，让路过的旅人一见倾心。旅途的疲倦在见到这些细微又动人的美时一扫而空。

好希望有一天我能轻轻地叩响其中的某一扇门，走入突尼斯人的幸福生活。

归国多日后，Vivian 的笑靥、东东的幽默，伴随着异域的香气，在我的梦中萦绕。

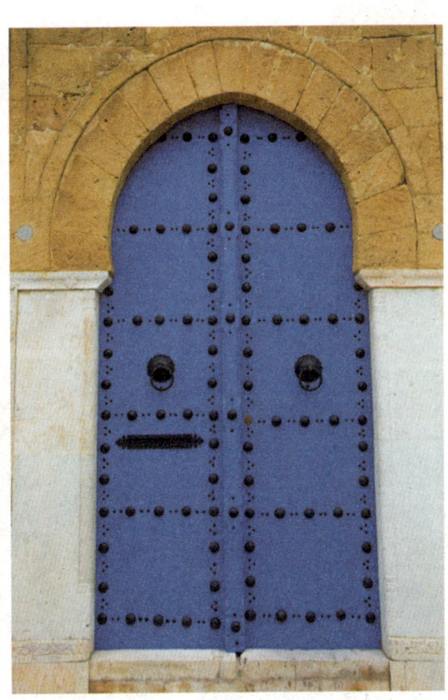
突尼斯大门

GARMIN

第七章

意大利

——跨越了1500年的相遇

如果旅行是一门功课，那么带父母远行一定是最难的那门。随着我渐渐长大成熟，每次都是在饭桌上告诉父母我下一站会去哪里。他们除了嘱咐我一定要注意安全并平安归来外，从不曾说什么。我一直有一个愿望，就是带长辈远行一次，只是顾虑到长辈的年龄、身体，以及出行时机、地点选择等因素才迟迟未能成行。

说到底，我是担心在旅途中不能照顾好长辈，也怀疑自己没有能力带领他们完成远行。

直到我看到父亲写下的一段话。我知道该和父亲一起去远行一次了。

一直以来，对于意大利我都充满好奇和向往。青年时代读但丁的《神曲》，虽然没完全读懂，却被它深深地震撼。后来接触到意大利历史，惊讶于罗马帝国的辉煌，为恺撒、安东尼与埃及艳后克莉奥帕托拉的传奇故事而叹息，为中世纪十字军的远征与残暴而不忿，为伽利略的科学发现与黑暗的宗教庭审而愤怒，为伟大的文艺复兴而欢欣。我开始对这个国家越来越感兴趣。意大利厚重的历史遗产、瑰丽的文化传承、明媚的山水风光及浪漫的民族风情足以吸引我此生踏足一次。

父亲年轻的时候是个文科老师。在我幼时的记忆中，他从不催促我做题，也不教导我用功读书。他喜欢在暑假和我一起一人捧一本小说读，他喜欢骑自行车载着我去野外看小河流水、花草树木、老旧建筑，去发现一切美的东西。他喜欢写诗，喜欢浪漫。他像一座巍峨的高山，指引我去认真生活，发现美好。如今他已年逾古稀，头发渐渐花白。我暗下决心，是时候带父亲去远行了，去完成他的心愿，去看看意大利的美好。和父亲一起自由行的经历，有惊喜，有挫折，有焦虑，有欢乐。我坚信这段特别的旅程会成为我一辈子珍贵的记忆。

• • •

罗马 / 笔墨无法描绘的城市

无数次想提笔写一段关于罗马的故事，却好几次落笔不下。罗马从一个小城邦发展到称雄世界的帝国，有太多历史与底蕴，它的伟大与辉煌、衰败与灭亡不是我能描述的。

每个人心里都有一个罗马，在我心里：

她是安妮公主刚刚剪好头发，吃着冰淇淋，并与乔第二次“偶遇”的阶梯；

她是美丽女作家弗朗西斯邂逅意大利男人马塞洛的窄小街道；

她是伊丽莎白在独自旅行时，用美食抚慰心灵的当地饭馆；

她是雨宫萤与部长经历奇妙的蜜月最后宣誓永远在一起的小教堂。

这一个个具体的场景，连同发生在罗马大街小巷的故事，汇成了南欧的浪漫与风情，闯入了我的想象。

在父亲的心里，罗马又是怎样的呢？

他是父亲当年站在西安城墙上遥望的丝绸之路的终点；

他是但丁的《神曲》中被誉为造福世界的地方；

他是罗马勇士在战场上的呐喊与嘶吼；

他是文艺复兴鼎盛时期所有繁华的象征。

那些悠久的、迷人的历史，藏在父亲的心中，那是他从青年时就有的对罗马的迷恋之心。每个人的心里都有一个属于自己的罗马。当我和父亲在夏日的清晨，来到罗马竞技场门口，看到金色的阳光照亮这座建筑的一个个拱洞时，“我终于到了这里”的激动心情如烟花绽放般围绕在我们父女中间。

我勾着父亲的手臂，走在竞技场外围，和他诉说着竞技场当年的历史。这座在现代人眼里无比伟大的建筑，其实承载着旧时的血泪，千年前无数角斗士与野兽葬身于此。据说，如今斗兽场的土地中还能检测出血液成分。人类的文明，总是在前人的鲜血与枯骨之上不断前行。竞技场第一层的角落里竖立着一个巨大的十字架，这是后人在缅怀那些逝去的灵魂。

“你说的的确是历史，但我站在竞技场上，不会只想到残酷的历史，女儿。”父亲扶在栏杆上对我说。

“古罗马竞技场的这些建筑更像是钉在古罗马帝国版图上的图钉，你不是爱环游世界吗？去法国的阿尔勒，你能看到比这更完整的圆形竞技场，那是古罗马人在公元 1 世纪末建造的巨型建筑。位于突尼斯的艾尔· 杰姆斗兽场，被法国文豪福楼拜誉为‘罗马帝国在非洲存在的标志和象征’。有战争就有故事，闻名遐迩的迦太基遗址便在如今的突尼斯境内，那个曾经能与古罗马比肩的古都还发生过一段韵事。迦太基女王狄多爱慕古罗马王的祖先埃涅阿斯，两个人度过了一段美好的恋爱时光并许诺永远在一起。可是埃涅阿斯被天后提醒，不要忘记建立一个新国的使命，于是他离开女王去寻找适合建立古罗马国的地址，女王痛苦却不得不与他分离。”

“‘读万卷书，行万里路’，这是父亲年轻时的座右铭。如今我老了，很多地方走不到了，但我希望你能将自己在旅行中所见到的大美河山、民俗民情、奇闻怪见及你内心的感受和思考，与我甚至更多的人分享，这才是旅游的真谛。”这些话父亲从来没有在家里和我说过，如今有机会和父亲一起站在千里之外的古罗马竞技场的墙边，听他说这些话，我终于明白他为何一直支持我去旅行。

古罗马竞技场

离开举世闻名的古罗马竞技场，我们走在烈日下，在老城中边逛边看。父亲对那些历史遗迹特别感兴趣，如提图斯凯旋门、君士坦丁堡凯旋门、图拉真广场、古罗马遗迹堆等，他都一一拍照留念。这些地方曾经有集市、法庭和宗教建筑。古罗马前期的建筑文化源自古希腊，经过岁月的磨砺与后人的改良，一些源自古希腊经典美学的立柱被称为罗马柱。在古城的蓝天下，无数建筑依然弥散着神庙的气息与古希腊的韵味。去罗马旅行，一定要在老城中漫步。罗马的微笑，罗马的热闹，中世纪的弥撒，大师们的雕塑，眼泪与欢笑，石头与鲜花，这些经典的元素，在罗马的大街小巷无处不在。

我喜欢走在罗马的街道上更是因为一句话——条条大路通罗马。回想当年它横跨亚、欧、非三大洲，非洲的文明古国——古埃及曾一度臣服于它。这些都得益于古罗马四通八达的交通与开放包容的胸怀。这段历史带给罗马的财富之一是分布于老城各处的埃及方尖碑。

人们行走在罗马的街道上，在很多地方都能看到冲向云霄的方尖碑。在古埃及文明中，金字塔、神庙和方尖碑是三大标志性建筑，它们与人民信仰重生、皇室崇拜太阳神相关。方尖碑的建筑形态是下粗上细的棱锥体，顶端是金字塔状的角锥体，外表镶着被古埃及人视为“神的血液”的金箔，塔尖在阳光的照射下熠熠生辉。一些来自古埃及的方尖碑与罗马城中的广场、教堂与街道融为一体，为古罗马的辉煌添上了一笔浓墨重彩。

在罗马那些著名的地方逛上一圈，你就会明白罗马人对方尖碑的选址是非常慎重的。这些迎接着帝国第一缕阳光的尖碑，在古罗马代表了骄人的荣耀。

矗立于罗马人民广场中央的方尖碑，有着华丽对称的美感。亚历山大七世命人在广场边分别建造了奇迹圣母堂与圣山圣母堂。开阔、壮观的巴洛克广场，令前来罗马的朝圣者从看到它的第一眼就臣服于古罗马帝国的富裕和强大。

矗立于万神殿门口的德拉·罗腾达广场的方尖碑，跳脱了古埃及的建筑式样。罗马人把它安放在了一座有雕塑的喷泉上，它的顶部是十字架。这种复杂的重叠设计非常符合它身后万神殿的气质。万神殿曾被米开朗琪罗誉为“天使的设计”，它的门廊是古希腊神殿风格的立柱，入内后可以看到，内庭宽广空旷，人在其中仿佛身处一个完整的球体中。唯一的光源竟然来自屋顶。无论来多少次，我永远会仰头看那一束从半球形的穹顶中央透出的光线。

矗立于纳沃纳广场的方尖碑，碑顶的雕塑是一只鸽子，它是当时当权者的家族标志。这座方尖碑被改造和搬动了好几次，现今它的底座是四河喷泉。喷泉并不是这座方尖碑最初的“家”，方尖碑从公元 1 世纪到 4 世纪两度被迁地，还曾经在玛佐森广场轰然倒地。如今我们见到的方尖碑的底座——四河喷泉——是文艺复兴时期的杰出雕塑家贝尼尼设计的。罗马城中有许多艺术感十足的喷泉，但这座喷泉在我心里的地位永远是第一。贝尼尼雕刻时使用的细腻手法彰显了人类生命的张力，他用四位老人来代表多瑙河、恒河、尼罗河、里约·德·拉·普拉达河，继而引出四块对应的大陆版图，多瑙河表示欧洲，恒河表示亚洲，尼罗河表示非洲，里约·德·拉·普拉达表示美洲，这样的立意真是绝妙。

如若你有机会去罗马，一定要好好地寻找一下矗立在老城中的方尖碑。在遥远的时代，每竖起一座珍贵无比的方尖碑，城内的人们就会彻夜狂欢，庆祝它的到来。

正午时分我和父亲走进罗马的一条小街，被一家颇具风情的小饭馆所吸引。它的入口窄小，并不起眼，门旁的喷泉雕塑却颇有艺术感。一整块大理石被雕刻成了一位倚在石凳上的老者，栩栩如生，“老者”用慵懒的眼神看着行人来来往往。我们走进饭店，饭店中竟然也摆满了大理石雕塑，无论是位于屋子正中心的骑马勇士雕塑还是围绕着中庭的缪斯女神雕塑，都彰显了饭店老板的艺术审美。

我们入座后，服务生送上了提前烤制好的白面包与橄榄油。父亲好奇地问我：“这橄榄油不是烧菜用的吗，为何餐前面包旁边都放了一碟橄榄油？”

“意大利盛产橄榄油，我们要去的第二站——佛罗伦萨——所在的托斯卡纳大区就有许多种植优质橄榄树的庄园。以前的牧羊人在大山里放牧时，会随身带一大袋白面包、盐和橄榄油。他们吃饭的时候席地而坐，用面包蘸着盐和橄榄油吃。作为传承，如今意大利的餐前面包旁会配这两味调料。”

人民广场前的方尖碑

万神殿前的方尖碑

纳沃纳广场上的方尖碑

父亲扶了扶眼镜，皱着眉头看了看菜单，然后做出放弃状地摇摇头，说：“这菜单连个图片都没有，我实在看不懂，你来点菜吧。记得点一些有意大利特色的菜给我尝一下。”

我寻思着意大利三面环海，它的地理环境和气候一定使它盛产海产品，海鲜面倒是可以来上一份。意大利又是意大利面的故乡，无论是人们捣碎罗勒叶后制成的青酱还是把番茄或辣椒研碎后得到的红酱，伴着细面吃都非常可口。我看到这家餐厅的菜单上写着当日的特色意面是龙虾配红酱面，便点了一份给父亲吃。意面上来后，样子特别讨喜。意大利厨师非常懂得用颜色来吸引食客。被煮得红彤彤的小龙虾卧在包裹了酱汁的意面上，让人食欲大开。最美妙的味道来自当地产的小番茄，它甜美多汁，作为配菜，一点也不输给鲜美的龙虾。面条被煮得很有嚼劲。父亲品尝整盘意面后不禁笑着说：“我吃惯了苏杭的龙须面，这意大利面可真是有点硬。”

“哈哈，您是老人家，吃不惯而已，我就很喜欢吃。回头到了威尼斯，再给您见识一下用墨鱼做的墨黑色意大利面。”

父亲听了连连摇头，我以为他是吃不惯，谁知他说：“我可不想笑起来一口黑牙！”

饭后我们继续游览罗马城，我觉得旅人要用心灵去感受这个古老的城市，除了得将罗马的街道好好地转上一圈，还需要有一次小小的登高。罗马自古被誉为“七丘城”，出发前父亲就问我：“七丘如今还存在于这座城市之中吗？它们有多高，我若要爬到顶，是不是特别费腿脚？”

我虽然已经来过几次罗马，一时竟也无法作答。于是我们父女俩准备自己去探一探城市中的丘陵。

午餐过后，罗马的艳阳直射大地。白云飘浮在蔚蓝的天空中，来自世界各地的旅行者特别是年轻人，带着兴奋的、朝拜的心来探访这座古老的、被无数历史课本记载的“帝国”遗址。在一座小山丘的脚下，有一座旧宫遗址，它属于古罗马的另一位贤帝——屋大维。这位名气和政绩都不亚于其义父恺撒的罗马皇帝，年轻时便拥有无比冷静的政治头脑，性格果敢坚毅。埃及艳后克里奥帕特拉在恺撒被刺死后，投入了恺撒麾下将领安东尼的怀抱。那时的安东尼握有实权，野心勃勃，一度想把埃及纳入罗马的版图。克里奥帕特拉再度发挥了其令人难以抵挡的女性魅力。她曾经通过征服恺撒，在他强有力的支持下得到了埃及实权。如今她在恺撒去世后又征服

龙虾配红酱意大利面

了安东尼，继而保住了埃及的大陆。安东尼为了与艳后正式结婚，抛弃了原配妻子，并宣布将罗马的一部分国土赠给埃及艳后和她的儿子。

安东尼的原配妻子就是屋大维的妹妹。安东尼休妻赠国土的行为不但引起了元老院的不满，更让屋大维有了坚定的决心去争夺罗马最高的权力。一山难容二虎，安东尼在与屋大维的一番争斗后败死。他死后，克里奥帕特拉用埃及国王的埋葬仪式为其举办了葬礼。埃及艳后还想第三次用自己的美丽去征服罗马的当权者，可惜一代艳后没能打动屋大维，结局只能是珠沉玉碎。

屋大维掌握罗马大权后，对内安邦定国，对外将版图扩张到了西班牙和多瑙河、莱茵河一线，死后被人民供奉为神。如此震古烁今的帝王之宫，在历史长河的洗礼下如今只剩下一扇石门。我和父亲站在这扇充满历史故事的石门之下无比唏嘘。

我和父亲一路往上走，到达了山丘的顶端，发现它并不高，沿途风景怡人，路两边种满了地中海树木。夏日繁花盛开，香风袭人。沿路可见别墅与小教堂鳞次栉比，并且有精美的外墙装饰。我们到达顶端时意外地发现，有一群西方游客在一扇铁门前排队，每个人都弯着腰，无比认真地盯着一个小孔，像在偷窥什么。

父亲吩咐我去打听一下，我询问后得知，这里是马耳他骑士团宫的大门口。门上有个钥匙孔，人透过这个钥匙孔便能看到郁郁葱葱的马耳他骑士团宫的花园，视线稍微后移，映入眼帘的是古罗马建筑的屋顶，再往后移看到的则是显眼的圣彼得大教堂，它的尖顶有无比美丽的红色线条。这个小小的钥匙孔拥有奇特的视角，人的眼睛在一条直线上能看到三个地点，它们分别隶属于三个国家。于是大家把这个视角称为“一眼看三国”。知道其背后的故事后，觉得非常有趣，不禁和父亲也一起排队，让他也看一看这个钥匙孔后面的奇妙世界。

马耳他骑士团宫旁边的公园，风景特别好。人们倚栏而望，能看到极美的罗马市景。我问父亲：“您觉得罗马怎么样？”

“我觉得罗马是个有着复杂气质的城市。女儿，你看它处处散发着令人赞叹的艺术气息，这里的遗迹有着源远流长的历史与耐人寻味的故事。但是来这里的旅行者可不是考古学家，我们一路上遇到了太多的年轻人，他们热情似火，精力充沛。每到夜晚，我们租住的公寓楼下的酒吧也是觥筹交错，彻夜喧闹。这座城市古老，却丝毫不暮气沉沉。你说它年轻吧，它的气质却神秘得像个修炼千年的妖精。”父亲眺望着远方，发出了来自内心的赞叹。正当我们父女俩畅谈对罗马的印象时，身旁来了一对年轻的情侣。他们耳鬓厮磨地诉说着对彼此的爱恋，之后便旁若无人地深情拥吻。

我认为罗马的气质中有一种必定是浪漫。

另一个让我印象深刻的山丘，位于首都博物馆的后上方。罗马这个城市太适合旅行了，旅人常常在一个转弯后就能遇到惊喜。这座山丘的顶部同样是一个可以用俯瞰视角欣赏罗马老城的地方，我像发现了宝藏一样冲向了它的山顶平台。试想，在暮色来临前的金色夕阳之下，看着夕阳慢慢消失在天空，喝一口红酒，听着《图兰朵》歌剧，这种旅行状态才算风雅。

作为一个对摄影极度痴迷的人，一定要捕捉夕阳光影下的古城美景成了我心里的一根藤苗，它肆意发芽生长，野蛮开花。我对欧洲夏日的日落时间略有了解，想得到心目中落日余晖耀古城的画面，至少得到晚上 8 点以后。看着父亲由于旅途奔波而显得疲倦的样子，我试探性地问他："父亲，我们出门一天了，您是不是有点累了？要不晚上我陪您去楼下找个中餐厅吃个晚饭，然后我一个人再去次丘陵，拍个日落？"

父亲爬满皱纹却依然矍铄的脸庞并没有正面对着我，那微微下陷的眼窝里藏着我未能读懂的想法。他看了下远方，又抬起手腕看了眼手表，才用商讨的语气和我说："这样吧，女儿，今天我是有些累了，腿脚也酸疼了。你呢，吃完饭今天也好好休息，明天我们再看。"我心里略微有些失望，心想明天就是在罗马的最后一晚了，父亲没有拒绝也没有同意我单独去，是不是态度有所保留？于是我暗自做了决定，明晚无论如何，都要扛着相机去拍次日落。

第二天傍晚，文艺父女看完了城内的著名博物馆后，父亲又有些体力不支了，在下午 4 点便回民宿休息了。听着隔壁房间传来父亲熟睡时的鼻息声，我有些心疼他旅途劳累，盼着他晚上待在民宿好好地放松休息，因为我们明日一早还得收拾行李，搭乘去佛罗伦萨的火车。我计划待他小憩起床后，安排他吃饭。之后便道别，自

己出门去拍照。

父亲醒了，得知我的计划后迅速从床上爬起，拿起外套，略显疲惫地和我说：“如果你还是想去，就必须让我陪你。不过我还是觉得很累，要不你就别去拍日落了？漂亮的日落在夏天的欧洲几乎每天都有，等之后的行程轻松些，我们父女俩一起去看好不？但如果今天晚上你想一个人出门，我是绝对不允许的，你又不认路，万一出意外呢，我觉得那样不安全，我不放心。”

“父亲，您累了就在房里休息，我一个人去吧，我来回打车行不？日落每天有，但是日落和古罗马遗迹的组合可能近年来只有今天晚上能拍了。我心太痒了，我是个摄影师，您不明白错过这么好的光线我心里的难受。”我皱着眉头，嘟囔着继续抗争。

父亲把外套往床上一摔，愤怒而坚决地说：“不能去就是不能去，你不要真的以为自己是玩相机的、玩笔杆子的人，杂志社约了你几次稿你就一定要出所谓的大作品。在我看来，你根本不是作家或摄影师，你就是个业余爱好者，水平也很一般！就是一个兴趣爱好而已，不能拍日落有什么可纠结的？我说了，你若真的放不下，就拖着我这个累趴下的老头子一起去。你自己选吧！”

我被父亲的态度惊着了，素日里温文尔雅的他如今像只发怒的豹子。比起他拒绝我独自出门的态度，他的言语更刺伤我。一股子委屈、失望包围着我，心中那株野蛮生长的藤蔓迅速枯竭。我一直以为父亲很支持我写作与摄影，没想到在他心里竟然是这样看这件事情的。大约有五分钟，空气中弥漫着令人尴尬的沉默。我调整自己的情绪，对父亲说："好吧，那我就不去拍了，我们去吃饭吧。吃完回去休息。"

为了照顾老人的思乡口味，每日晚上我都会带父亲去中国餐厅觅食，今日依旧如此。我拿着筷子有一下没一下地夹着青菜，胃口全无地扒了几口饭。父亲夹了一块酸甜的咕咾肉放在我碗里，说："你平时在家里最爱吃这个了，这家店做得还算地道，多吃点吧。女儿，我不是一定要破坏你的兴致。你知道吗？那年你去法国旅行，就在回国那天，新闻里面报道，一个女生在巴黎打车去机场，然后就失踪了。我和你妈妈一夜没睡，就等你飞机落地后给我们报平安。你以为一个人出门很安全，但哪怕是万分之一的意外，父亲都承受不起。这样吧，我现在精神好些了，吃完饭我还是陪你去拍照吧，就当散步了。"

一股暖流涌上我心头，父亲刚才的言语宽慰了我的心，之前的失落感一下烟消云散。父女俩在饭桌上吃饭，一句话就能缓解刚才紧张的气氛。我知道父亲在让步，想遂了我的心愿，但我又怎么忍心让年逾古稀的他太劳累。我头摇得像拨浪鼓一样，说："不去了，不去了，我今天走了至少两万步，这会儿体能不行了，哈哈哈。"

第二天早上和父亲一起收拾行李箱时，我看到他床头放着一本旅行杂志新刊，里面有我新一期合作的独立图文章节。那是出发前我才收到，拿回家显摆给父亲看的。真没想到父亲把它放进了行李箱，千里迢迢地带到了意大利，只为了旅行途中休息时能第一时间看到我的新文。

我瞬间红了眼眶，昨日他的话有多严厉，他的父爱就有多深沉。他明明那么支持我，却为了我的安全说出一些让我迅速打消念头的话。那股深沉又宽厚的爱，比窗外罗马的暖阳还让我感到温暖。

• • •

佛罗伦萨／跨越了 1500 年的相遇

若是一觉醒来，发现自己置身于 16 世纪的翡冷翠，没有地铁，没有手机，没有永远赶不完的工作和会议，便能吟出《翡冷翠的一夜》：

你真的走了，明天？那我，那我，……你也不用管，迟早有那一天；你愿意记着我，就记着我，要不然趁早忘了这世界上有我，省得想起时空着恼，只当是一个梦，一个幻想；……

“翡冷翠”远比这座城的另一个译名——佛罗伦萨来得更富诗意，更多彩。这是一座充满文艺气息的城市，是一个人才辈出的地方，这里出现了太多让人钦佩的艺术大师。但丁，中世纪的最后一位诗人，也是新时代的最初一位诗人，一生充满坎坷，谱写了闻名遐迩的《神曲》。米开朗琪罗、达·芬奇、拉斐尔，他们都才华横溢，留下了斐然的成绩。

我和父亲走在大街小巷，看到老城像一座用翡翠砌成的城池，路边房子的外墙是淡黄色的，窗棂是绿色的。突如其来的一场大雨浇湿了广场，消退了酷暑，英俊的白马潇洒地踩着石板路。整个老城沐浴在米开朗琪罗《创世记》的氛围中。我们沿着老城漫步，河两岸的景色静谧、美丽，平静的河面能倒映出两岸的建筑。欣赏美丽景致的同时，我们深深感叹佛罗伦萨是艺术爱好者心驰神往的圣地。

父亲最爱的是立在老桥上的但丁半身石像，不热衷于拍照的他竟然主动要求和这座雕像合影。他情真意切地和我说，他对意大利的好奇与迷恋都是从阅读但丁的作品开始的。在他年轻时，许多文化交流都有限制，那是现今生活在互联网时代的年轻人所不能理解的闭塞生活。

但丁的一部《神曲》，打开了父亲认知世界中他从未涉足的领域的大门。书中但丁与地狱、炼狱及天国中各种著名人物的对话，反映出中古文化领域的成就和他对当时社会现象的批判。《神曲》处处闪耀着人文主义思想的光辉，正因如此，父亲的学习方向从中国文学开始向西方文学延伸，来佛罗伦萨看一眼但丁雕塑的种子在他心里发芽了近 40 年。此刻我们站在雕塑前，但丁与父亲的“对话”跨越了 1500 年，变成了现实。

作为女儿的我，能让这次“对话”变成现实，心中真是无比自豪。

如果说佛罗伦萨的老城是块在历史长河中沉淀下来的翡翠，那么圣母百花大教堂便是嵌满珠宝的皇冠，无论在老城的哪个地方，都能轻易地瞥到它的一角。教堂的外墙由精美的天然大理石砌成，所以，即使经历时光的洗礼，也不会褪色。

在城外米开朗琪罗广场看夕阳，是大多数游客必做的事情。之前我多次和父亲说起我四年前看到它时的震撼与对它喜爱。作为在罗马没支持我看日落的补偿，父亲拍着胸脯承诺陪我看一场日落，哪怕欧洲夏日白昼长，日落要等到晚 8 点才开始。我们沿着阿尔诺河来到米开朗琪罗广场，沿途的景色美得让人心醉。从广场的围栏处远眺城市，眼前的它还是文艺复兴时代的景象，绝美的天际线令人眼热心跳。浪漫而又古典的广场满是艺术的芬芳。我们融入当地人慵懒、闲适的生活，告别往日的烦躁与压力，静静体会着时间的流逝。日暮下美丽的火烧云映红了缓缓穿过老城的阿尔诺河。迷人的景色让人惊叹不已。随着太阳徐徐落下，城市被夕阳镀得流光溢彩。在意大利时间晚上 9 点左右，夕阳渐渐地隐去，老城的灯亮起，点亮了河流、钟塔、教堂、街道，整座城市笼罩在童话氛围中。夜晚来临，我们离开米开朗琪罗广场，回到老桥。我和父亲一致认为，晨曦下的老桥比任何时候都柔美，而日暮下的它又无比娇艳、浪漫。

在老桥上，我们席地坐在但丁雕塑下，听着街头艺人的歌声，

老桥上的但丁半身石像

米开朗琪罗广场的夕阳美景

看着情侣温情地相拥。父亲点起一支烟，笑着和我说：“如果我30 年前独自来到这里，我会端一杯醇美的葡萄酒，构思一天的诗。但现在和女儿一起来到这里，心里想的就只有女儿一生平安。”入睡前回想父亲的话，我心中无限感动。

第二日起床后，窗外晴空万里。得益于亚平宁山脉，托斯卡纳大区的气候温和、干燥，阳光普照，诸多伟大的城市（如佛罗伦萨、比萨、锡耶纳等）与恬淡的小镇（如圣吉米亚诺等）坐落在此。离开文艺范的佛罗伦萨，我们看到了开阔的丘陵和田野，感觉像是来到了艺术家的后花园。丘陵起起伏伏，光影如一支画笔，将绿色田园绘制得颜色深浅不一。我不禁深吸一口新鲜空气，感觉心旷神怡。

• • •

托斯卡纳的/慢调生活

我们的下一站是比萨，这个城市因为一座斜塔和一个实验而闻名，再加上它的名字与意大利最知名的食物——比萨——相同，真是让人记不住都难。从火车站走到比萨中央教堂广场并不远，布道坛与洗礼堂外围的雕塑重重叠叠，像盛开的莲花。褐红色的圆弧形顶盖使建筑看上去很优美。

越来越歪的斜塔前熙熙攘攘，尘世的喧嚣在这里避都避不开。酷热的天气与嘈杂的环境让父亲感到不舒服，一定是因为我们很早出门，来不及吃早饭，他又犯低血糖了。我拉着他离开游客区，找到一家早餐店坐了下来。

“父亲，你知道吗？别看比萨现在是旅游城市，其实它在中世纪时是海上霸主。”我们聊天时，穿西服、打领结的英俊服务生端上了热气腾腾的玛格丽特比萨。

“我听说过，历史上海上共和国的四个比较大的城市分别是热那亚、比萨、威尼斯和阿马尔菲。当年的热那亚和威尼斯非常强势，比萨一开始并不被注意。在公元 800 年前后，比萨利用海上贸易的便捷性，不断扩张土地与军队，又接受了从热那亚逃难而来的居民。他们中不乏水手和工匠，提高了比萨的技术与工艺水准。在公元 1000 年后，比萨的经济突飞猛进，领地迅速扩张。”父亲一边说着，一边拿起一块比萨放入口中，“好吃！这奶酪与番茄的调味咸香可口，我很喜欢，这绿色的香料是什么？吃起来很香。”

“哈哈，难得您喜欢意大利经典比萨——玛格丽特比萨——的味道。这绿色的香料是罗勒叶，意大利人非常爱用罗勒叶入菜。它的气味芳香浓烈，在菜肴中的受欢迎度可不亚于中餐中的香葱。意大利的妈妈们喜欢把罗勒叶、松子、大蒜、盐一起放在容器里，用石棒捣碎后食用。方法和新加坡的小娘惹在钵中捣碎香料如出一辙。用它制成的青酱是最常用的拌意大利面的酱汁之一。”

比萨斜塔

“咦，女儿，那为何我在上海吃自助餐时，很多比萨上面有香甜的菠萝。我觉得这种搭配蛮好吃的，但在比萨的家乡意大利我却从来没有看到过此类比萨。我们吃过的比萨都是咸味的。”

“哈哈，还好您不会英文，否则您要问店家要菠萝比萨的话，别人会觉得您是外行的。菠萝比萨是美国人的改良品种，这里只吃咸味比萨。同样的，由于文化差异导致习惯不同的还有卡布奇诺。在上海，我们随时随地都能喝它，但意大利人只在早上喝。”

用完餐后，我看时间还早，便约父亲去小路上散步。蜿蜒的石板小路旁是一座座温馨的当地人的房子。家家户户的窗台上都放着鲜花。厚重的门板前卧着摇着尾巴的小狗，路边小店的门楣上挂满了薰衣草与蕾丝装饰，一辆被涂抹成糖果色的自行车被主人随意倚靠在墙边。恬静的生活被定格成一幅优美的画卷。远离喧闹的游客

玛格丽特比萨

区的比萨，才是我们要寻找的托斯卡纳城邦。

“女儿，我觉得比萨不该那么吵闹，它曾经和许多伟大的城市一样，是一方霸主，却随着时间流逝而没落了。如果它不再辉煌，那么变得安静就好，现在的它反而被一座知名斜塔给搅乱了。我们从火车站走过来时，一路都是缠着要我们买纪念品的吉卜赛人。小偷也特别多，带领我们的中国导游一直在提醒游客看紧财物。比萨这座城市若像我们现在走的小路一样，安安静静的，该多好！”

是啊，那该多好！还好在托斯卡纳还有许多安静、温暖的小镇。离开比萨前往圣吉米尼亚诺的路上，沿途绿意盎然，葡萄树和橄榄树随处可见。天空湛蓝，远处的黛山令人心旷神怡。

圣吉米尼亚诺在佛罗伦萨往南 56 公里处，是个完整保留了中世纪风格的百塔之城。古代时是天主教徒为朝圣而往返于弗朗西斯科和罗马之间的重要物资补充地。圣吉米尼亚诺在鼎盛时期，当地的贵族家庭在城里建造了总数超过 70 座的塔楼和碉楼，楼高平均都有 50 米。楼越高，越彰显家族的财富和权力，它们也为战争时防御外敌所用。因此，圣吉米尼亚诺有“百塔之城”的称号。城中林立着风格厚重的罗曼式石塔。随着岁月流逝，当年 70 余座石塔现仅存 14 座。登上格罗萨塔楼（唯一对公众开放、可登顶的塔楼）能饱览这座小镇经过历史变迁后的景象。这份特殊性使其成为托斯卡纳最具代表性的观景平台。

走进古城后，我感受到了浓郁的中世纪气息。高耸的石塔、庄重的教堂、斑驳的石墙、恬静的小巷、悠长的石板路，构成了这个中世纪山城的特有风情。此外，圣吉米尼亚诺还是购物的天堂，葡萄酒与皮具物美价廉，我们满载而归。

离开前，我们回首这座老城，仿佛看到几百年前，塔楼内还住着居民。早市很热闹，在小摊前挑选食材的人络绎不绝。成簇的金雀花在绿色的田野里随风摇曳。穿着粗布衣的农夫叼着一根香草，斜倚在昏黄的麦草堆旁。那是一幅属于初夏的静谧画卷。

托斯卡纳盛产葡萄，纪安狄地区的葡萄酒质感丰富，品起来口感从柔和到强劲。我和父亲中午在葡萄酒庄用餐，一排排矮矮的葡萄树深深扎根在土壤中，在坡地上有序地排列着，十分养眼。

大自然是最优秀的画家，深褐色的土地、青绿的葡萄叶和蔚蓝的天空组合成了优美的田园风光。我和父亲好像来到了传说中的世外桃源，真想在这里买一栋别墅，把家人接过来一起住。

一路前行，锡耶纳又是一个迷人的城镇。当年它与佛罗伦萨各不相让，争夺区域霸主的地位。它们不但在地盘与权力的争夺上战争不断，就连葡萄酒产地也明争暗夺。我和父亲从酒庄出来后，发现来自经典产区的基安帝红酒瓶的商标上印了只“黑公鸡”。我们好奇地问酒庄工作人员：“这是托斯卡纳地区的葡萄酒特有的标志吗？”

工作人员告诉我们一个传说：“中世纪时，锡耶纳和佛罗伦萨这两个城邦没有明确的界线，两城总是为了争夺更多的地盘而发动战争，老百姓苦不堪言。基安帝葡萄酒产区位于锡耶纳和佛罗伦萨之间，包括了这两个城市之间的接壤地带。两个城市商定后，为了让这场边界争斗有个结果，决定用一场赛事来做个了断。规则是在早上公鸡打鸣时，两城的骑士分别从自己的城邦出发，以两队骑士的相遇地点来划定两城的边界。为了在决赛当天能有公鸡打鸣，锡耶纳人养了一只白公鸡，并给它供应充足的食物，让它吃得很饱。而佛罗伦萨人养的是一只黑公鸡，一直饿着它，不给它喂食。决定两城命运的时刻终于来临，佛罗伦萨的黑公鸡因为饿得“睡不着”，一被放出来就高声啼鸣；锡耶纳的白公鸡却因为天未亮，还在沉睡，所以迟迟没打鸣。于是，佛罗伦萨人在黑公鸡的鸣声中，浩浩然地向锡耶纳城出发了。直到他们行进到距离锡耶纳城仅 12 公里处，才遇上出发得比较晚的锡耶纳城骑兵。最后，佛罗伦萨和锡耶纳的界线在此划定，佛罗伦萨人用智慧赢得了赛事，还赢回了更多的土地。”

和有趣的传说相比，锡耶纳的历史更让人唏嘘。当年的你争我夺结束于欧洲大陆的一场浩劫——黑死病。锡耶纳现在成了托斯卡纳大区中一座宁静的城市。锡耶纳有座巨大的广场——共和广场，广场那高大而宽阔的贝壳造型很是特别。锡耶纳的艺术灵魂是大教堂，精巧绝伦的外墙雕刻使它位列意大利教堂前三名，外墙繁复的图案由白色的大理石和金色的描边镶嵌而成。

我们坐在美轮美奂的锡耶纳大教堂前，看到教堂门口用白线画出了一块块空间。询问后得知，这些是黑死病浩劫期间平民暂时存

托斯卡纳的美景

锡耶纳老城

放尸首的地方，而教堂对面的市政厅，也围了一块略小的空间，用来堆放达官显贵的尸首。

在死亡面前，人人平等，谁都没能逃脱，锡耶纳一度成了一座死城，耗费巨资用来叫板佛罗伦萨百花大教堂的锡耶纳大教堂，最终也停工了。这座曾经野心勃勃的城市，像风干了的玫瑰，留住了美丽，却失去了尖锐的刺。

大教堂边的塔楼矗立在一旁，坚挺又独具美态的塔楼在这个城市的任何一个角落都能看到。满是大石块的道路至今还回响着马蹄声。古老的门板稍稍褪色，门上镶着独角兽的铁质门把手早已锈迹斑斑，倒是外墙上的拴马铁环还锃亮着。每年夏天这里都会举办传统的奔马节，勇夺第一的骑手会受到大家的崇拜。锡耶纳老城有它独特的气质，绝不会与托斯卡纳大区中的其他城市混淆。

• • •

威尼斯的风情总离不开水。蜿蜒的水巷、流动的清波，宛如脉脉含情的少女，柔情似水。威尼斯因水而生，因水而兴。

我们出了火车站后见到一座融合了希腊与巴洛克风格的教堂。

它的穹顶像皇冠，台阶像长袍。她化身为居住在威尼斯的倾城美人，在神秘的夜色中，遗世而独立。

进入教堂后，我看到一面用灰泥堆砌的墙壁，墙壁上圣人画像与藤蔓装饰还依稀可见。从彩色玻璃窗户看出去，夹竹桃舒展在老旧的哥特式铁窗棂旁，姿态优美。天空淫雨霏霏，玫瑰色的砖墙被细雨淋得微微发亮。威尼斯有着无与伦比的魅力，艺术与生活在此处交融，成为一种文化。那些渐渐失修的、浸没在河道中的底楼外墙，向人们无声地诉说着过往的故事。

船夫是威尼斯孕育的孩子。他们个性安静、神秘少语，每日向游客播报景点的语气与公交车报站无异。这是河道上一道响亮的声音。新的一日，在停满贡多拉的码头，穿着条纹汗衫的船夫帅气地提起船桨，看到有客人上船，便礼貌地带上帽子开始划桨。贡多拉外观美丽，黑色船体被刷得油亮，首尾向上优美地翘起。它行驶在错综复杂的河道上，穿梭在光影之间。海鸥在主河道上翱翔，与贡多拉时不时相逢。我和父亲站在岸边，运河对岸的红色教堂很雄伟。以它为背景，船只沿着河面缓缓移动。一位画家坐在我们身边，静观美景许久后，拿起画笔绘出一幅属于威尼斯的油画。

晚餐时，父亲拒绝吃黝黑的墨鱼面，我却非常爱吃威尼斯这道有名的美食。它的色泽来自墨鱼汁，一盘看似简单的意大利面融合了墨鱼的鲜香与迷迭香的浓郁口感，使我迷恋不已。我几年前在威尼斯第一次尝到它，之后便和许多老饕一样对它念念不忘。我让父亲尝一下，他用叉子卷起面条，有些犹豫地送入口中，咀嚼几口后

威尼斯大运河上的贡多拉

惊讶地对我说：“这墨鱼面没有丝毫腥味，还挺香的，是我在上海没吃过的好滋味。”

我点头表示同意。对，就是有种特殊的滋味，品尝它时我脑海里浮现了这样的画面——威尼斯渔夫划着船赶赴桥上的鱼市，在喧闹的气氛中找到常去的饭馆，点上一份被当地人称为“安提帕斯托”的扇贝螃蟹沙拉；或去相熟的摊位找老板娘买一份醋渍沙丁鱼。墨鱼面的味道就是当地味，要尝到最正宗的墨鱼面，一定得去威尼斯小餐馆才行。

我看到父亲唇齿皆黑的样子不由得大笑，温润沉稳的他此刻看上去像画了黑色的唇膏一般，特别有趣。他见状连忙喝了几口白水，漱口后嗔道：“你看，这就是美食的代价。”

就在我们父女俩说说笑笑时，坐在我们隔壁桌的客人拿着账单，用极其高亢、愤怒的语气说道：“不是一份龙虾面 10 欧元吗，为何账单上变成了 100 欧元？我要告你们欺瞒客人，哄抬物价！”他的高呼引起了饭店中其他客人的注意，大家纷纷观察店家如何解决纠纷，并开始担心起自己的钱包来。

老板小跑过来接过账单，一边解释，一边用右手做着各种手势：“先生，账单没有错。我们店里的龙虾是每 50 克 10 欧元，您点的那只大龙虾有 500 克重呢！”他拿起菜单，指着菜单右下角印刷着的字体极小的意大利文给客人看，“海鲜显示的是每 50 克的单价。”客人涨红了脸，欲言又止地握紧了拳头，最后甩了 100

欧元给老板，然后踏着重重的步伐离开了饭店。

父亲和我说：“女儿，你赶紧看看我们的菜单，是不是也有这样的问题？”

我淡定地说：“您不用担心，这伎俩我早就知道了。这也是我在威尼斯只点墨鱼面的原因，它不含附加价格，既便宜又好吃。”

“怪不得莎士比亚在《威尼斯商人》里那样描绘威尼斯人，看来这里的商人的确狡猾啊！”父亲展开了眉头，长舒了口气。

许多爱慕威尼斯已久的人来到这儿后可能会有点失望，因为老城的房屋斑驳，看上去并不光鲜。但是别忘了，这个城市有 1400 年的历史，终年下雨，一年有 200 多日阴雨连绵。正因为有这个

黝黑的墨鱼面

雨量，才让它成了著名的水城。有些游客投诉威尼斯的商贩不讲诚信，经常宰客。要了解某些威尼斯商人的德行，可以去看下莎士比亚的戏剧。威尼斯有两张脸：一张狡猾，一张妩媚。这座城市在我眼里还是特别且迷人的。

我们饭后漫步在威尼斯的小巷中，发现有些水道比北京的小胡同还要狭窄，两条船不能并开，只能单行。街道两旁都是古老的房屋，底层大多建为船库。连接街道两岸的是各种各样的石桥或木桥。它们高高地横跨在河岸间，一点也不妨碍行船。运河旁的房屋建筑风格各异，阳台、窗台上都摆满鲜花，走廊上雕刻着精美的图案和花纹。我更加愿意感受这座城市温馨、浪漫的那部分特质。

威尼斯水域纵横交错，四面贯通，人们以舟代车，以桥代路。游人熙熙攘攘，鸽子与海鸥一起飞翔，形成了这个闻名世界的旅游城市特有的景致。街道两边小店的橱窗内展示了许多手工面具，供客人选择。威尼斯的面具文化在欧洲文明中颇引人注目，它是极少数将面具融入日常生活的城市。王公贵族们会戴上夸张的面具，穿上华丽的复古装束，或聚在河边嬉闹，或乘船夜游。面具掩盖了大家的真实身份，人们可以毫无顾忌，肆意狂欢，整晚的音乐与欢庆构成一场不散的夜宴。狂欢节的习俗最初起源于那些喜欢隐姓埋名的贵族赌徒，后来逐渐演变成为欧洲最多姿多彩的节日。

威尼斯神秘、浮夸的风情，如同一场华丽的舞剧，在我和父亲眼前揭幕，让我们久久难忘。

威尼斯美景

白露里治奥古城

离开威尼斯，我们的下一站是由伊特鲁里亚人建造的古城——白露里治奥。

我们站在入口处，看到古城孤单地屹立在远方。风吹过树叶，沙沙声不绝于耳。眼前一条狭窄的天路穿过悬崖通向古城。试想，当夜雾弥漫，藏在山林中的古城一定像极了被上帝遗弃的神秘孤岛。它曾经是繁华的贸易重镇，只因房屋主要由不稳定的砂砾石构成，石头被风吹日晒后逐渐风化，导致房屋有倒塌的危险，人们因此陆续离开了家乡。有次，一些尚未搬走的市民聚集在广场开集市，一栋房子突然坍塌，吓得人们四处逃窜。此次事件后，这里最终人去楼空。几百年的孤寂让白露里治奥逃过了两次战争及城市现代化进程的干扰，当它被再次发现并闻名于世后，人们才有幸看到如此完好的中世纪古城。

古城建立在险峻的悬崖上。我们走进城门，呈现在眼前的是狭长的小巷。清雅秀丽的花草生长在石墙的缝隙中，家家户户的门口都有高矮各异的石梯和砖石铺就的小路。大片爬山虎布满斑驳、沧桑的墙体，整体环境清幽。

夏日的白露里治奥还算热闹，人们喜欢坐在小广场上喝一杯啤酒或吃一块比萨。我们慢慢欣赏古老的屋宇，细细聆听台伯河上的波涛声，感觉岁月静好，仿佛进入童话般的梦境。

一位穿着优雅的女士坐在花园内与友人聊天。庭院内环绕着葡萄藤，大理石凳旁种满了绣球花。我们从小道上路过，看到了主

意大利人的午后闲适时光

人的惬意生活。路的尽头有一个建在悬崖边的瞭望台，我们站在瞭望台上远眺，看到对面的黛山上种满了笠松。一些外墙为红色的山中别墅为消逝之城带来了生活气息，云雀在林间歌唱，树叶沙沙作响，除了视觉的盛宴，听觉获得的愉悦感也无比美妙。我想象自己变成了一只云雀，在长满大丽花、紫丁香、长春花的山野间自由飞翔。

返程时我们听从来时司机的嘱咐，准备在第二个观景台右转下山，据说那是一条近路，能直抵停车场。可惜我们这对父女毫无方向感，看到一条下坡路就下山。走了十分钟后我们发现，人烟越来越稀少，景色也比较萧瑟。我不由得停下来问道：“我们是不是走错路了？”

“应该没错吧，你看着前方土地有被踩平的痕迹，一定是有人经常走动造成的。若原路返回，一路都是上坡，你知道父亲的膝盖有老伤，不喜欢走上坡路。再说，一来一回也会耽误集合时间。”最终我们决定手挽手继续往前走。

这就像一场大冒险，方向感缺失的路痴父女，居然选择了一条未知的路。越往前走越没人，我心里开始紧张，步伐也渐渐放缓。忽然我踩到一个凸起物，它被树叶挡着，看不清是什么，我怀疑自己踩到了蛇。从小怕蛇的我忍不住害怕得尖叫起来。父亲立马拉着我迅速往前走，还不断安慰我：“不会是蛇的。我走前面替你开道。”我们一边走路，一边大声聊天，这样一来，不受欢迎的小动物听到噪声便不会来打扰我们。

年逾古稀的父亲在前面为我开路，一如小时候逢年过节时在拥挤的人群中把我扛在肩头，竭力保护我的样子。只是他曾经有力的肩膀随着岁月的流逝而变得消瘦。在我眼里，他真的老了。那个骑着自行车带我看油菜花的健壮身躯，像少时的书签一样，被尘封在了时光里。

旅途中我尽力照顾着父亲，父亲却不认为他需要我的照顾，他还是争着提最重的行李，用他的方式默默守护着我，父爱随着年龄的增长越来越含蓄。回想至此，我已热泪盈眶。我多么希望走在我前面的父亲永远能有稳健的脚步。未来的岁月里，他不用再为我遮风挡雨，只要在我身边就好。有他在的旅途，哪怕有挫折与不顺利，但总会在阴霾过后，阳光灿烂。

从意大利回来的某个午后，父亲开心地和我说，让我明年再带他去欧洲旅行。可是不久后，他突发性左耳失聪，每天都在眩晕与耳鸣中接受治疗。在他病情好转前，我每天去医院陪他。我无法接受昨日的快乐旅途还在眼前，今日的他已受病魔困扰。我很庆幸趁着父亲健康时，带他圆了去意大利的梦，同时也很遗憾，我应该早几年带他去。随着他的年纪越来越大，一同远行的机会怕是越来越少了。如今他的病情总算稳定了，我盼望他能早日痊愈，我还想再和他一起去旅行。

希望他一直像在意大利旅行时那样，在我前面领路，带着我回家。父亲啊，你走得慢些，再慢些吧！

OLD
HOUSE
cafe
MONSOON TEA
MONSOON TEA
MONSOON TEA
MONSOON TEA

第八章

一缕苦与醇——旅途中的咖啡香

●●●

岁月如梭，在探索世界的旅程中，我有许多挥之不去的回忆。除了巍峨的山川、宏伟的建筑、灿烂的文明、异域的风情，我记忆中有一个角落留给了散落在世界各地的咖啡馆。起先是因为走累了，进店休憩发呆。后来我发现，咖啡馆也是一种文化。我遇到很多咖啡馆店主，他们会精心挑选咖啡豆，擦亮泡咖啡的工具，用心手冲一杯滚烫的咖啡后，献给顾客一抹真挚的微笑。咖啡流过我的味蕾，直达我的内心，变成了旅途中的一种诱惑。它超越了国土、疆域，跨过迥异的文明，像一条丝带，连接起了我的旅行回忆。

• • •

迪拜 / 沙漠里持咖啡壶的人

“一、二、三！大家准备好了吗？半蹲，用手抵住藤篮，我们要落地了！”随着机长的指挥，一篮子的人紧张地按他的话做，等待落地时的冲击。幸运的是，热气球着陆异常平稳，在沙漠上缓缓地滑行了一段距离就停住了。老汤姆一脸骄傲地看着我们，大家齐齐鼓起掌来。

结束了迪拜沙漠上空的热气球飞行后，我们的飞行员召集成员集合。他表示越野车到了，我们可以乘车去往营地，享受一顿充满阿拉伯风味的早餐！从我们的降落点到营地，大约 5 分钟的路程，行驶过程中我们感受到了冲沙的刺激。沙丘连绵起伏，像个猛兽，司机把控着越野车的方向盘，俯冲直下又接连转弯。我在车上被甩得只觉得天旋地转，只想快点下车，结束冒险。

抵达沙漠营地后，一位热情的阿拉伯男子手捧金色细颈咖啡壶迎接我们，脚边有个大大的锅炉——咕嘟咕嘟地冒着热气。

“锅里的咖啡差不多煮好了，这是我们当地特有的咖啡，你们要不要来一杯？”他热情地招呼我们，为我们斟满咖啡后，还不忘送上几颗椰枣。我抿了一小口焦黑色的咖啡，天啊，好苦！苦涩的中药口感让我不由得皱起了眉头。我实在无法理解，这是用何种冲调方式或选用了什么咖啡豆才会有这种口感。我匆匆咽下后问男子：“请问这是你们这儿特有的咖啡豆吗？为何苦涩中又带了些药味？”

“尊贵的客人，阿拉伯咖啡 Gahwa 的由来和一段传说有关。我们的长老被驱逐到乌萨布地区后，只能在沙漠中流浪，生活得非常凄苦。他在饥肠辘辘、体力透支时想吃路边的果子，可那果子无法生吃。他只能先烘烤它们，看看烧熟后能否食用。不料它们又变得异常坚硬，还是无法入口。饿极了的长老再生一计，用沸腾的水将果子熬煮。煮完果子后的水散发着令人振奋的香气，引得长老忍不住喝了几口。饮用后长老觉得神清气爽，便称这种水为天赐的奇迹之药。它就是我们这一带的咖啡。

“我们烹饪咖啡时会把咖啡粉反复煮沸，虽然咖啡的苦味会被提炼得很明显，但可以让你精神抖擞！”男子微笑着向我介绍他们

沙漠里的持咖啡壶的人

用来欢迎贵客的咖啡的由来。同时，他哈哈大笑说道：“快，把椰枣放入嘴里，甜一下！”

我赶紧把椰枣放入口中，沙漠地区充足的光照和极大的昼夜温差赋予了椰枣充分的甜度，沙糯又柔软的肉质完美中和了当地咖啡的苦涩，两种滋味在口中达到了奇妙的平衡。我反复感谢那位男子，让我体验到了咖啡的醇苦与椰枣的甘甜。

营地装饰简单，充满着浓郁的民族风。一条大大的印花毡毯铺在沙地上，为方便客人休息，毡毯上放满了红色靠垫。我身旁还有一只骆驼，乖巧地匍匐在沙地上，迎来送往。与沙漠的持壶人告别后，我开始在迪拜闲逛。这个传说中遍地是黄金的地方，震撼到我的是它的碧海金沙与浓郁的异域情调。

那一夜，通红的篝火照亮了黑夜，时急时缓的鼓点激情四射，旅人们端坐在毡毯上，端起黄铜色的杯子互相敬酒，谈笑风生。身穿露脐纱裙的迪拜女子手捧着各种口味的烟丝，像一只美丽的蝴蝶般穿梭于席间，邀请客人挑选。

不远处，演员们轮番上台表演。只见一位小哥随着音乐节奏不断地挥舞手中的火把。在大家热烈的掌声中，他将火把吞入口中并瞬间喷出火焰，引起了观众们的阵阵欢呼。当大家还沉浸在刺激的火焰舞表演中意犹未尽时，悠扬的异域笛声响起，一位男性舞者登台，用简单又优雅的方式不停地旋转。他身姿修长，手臂向上的动作，表示接受神的赐福。他始终以左脚为圆心旋转，用舞姿来致敬世间万物的循环与生生不息。观众们的心情从激动到平静，目不转睛地看着这支献给大地的舞蹈。男舞者结束表演下台后，紧接着一位穿着绿色纱裙的女舞者背着一对薄如蝉翼的翅膀登上舞台。她衣袖舞动，掀起香风，扭动着袅娜的腰肢翩翩起舞，柔软的手指不停变换造型，做出诸多高难度的动作，把夜晚的气氛推向了高潮。

舞蹈表达出对生命的敬重，它让我想起早上乘坐热气球时的感受。从热气球上向下看，一棵棵沙漠棘草顽强地生长着，蔚为壮观。我们向沙漠深处飞去，太阳慢慢升起，彩霞渐渐退去。当晨光洒满大地时，整片沙漠都被照亮了，金黄的色泽温暖诱人。

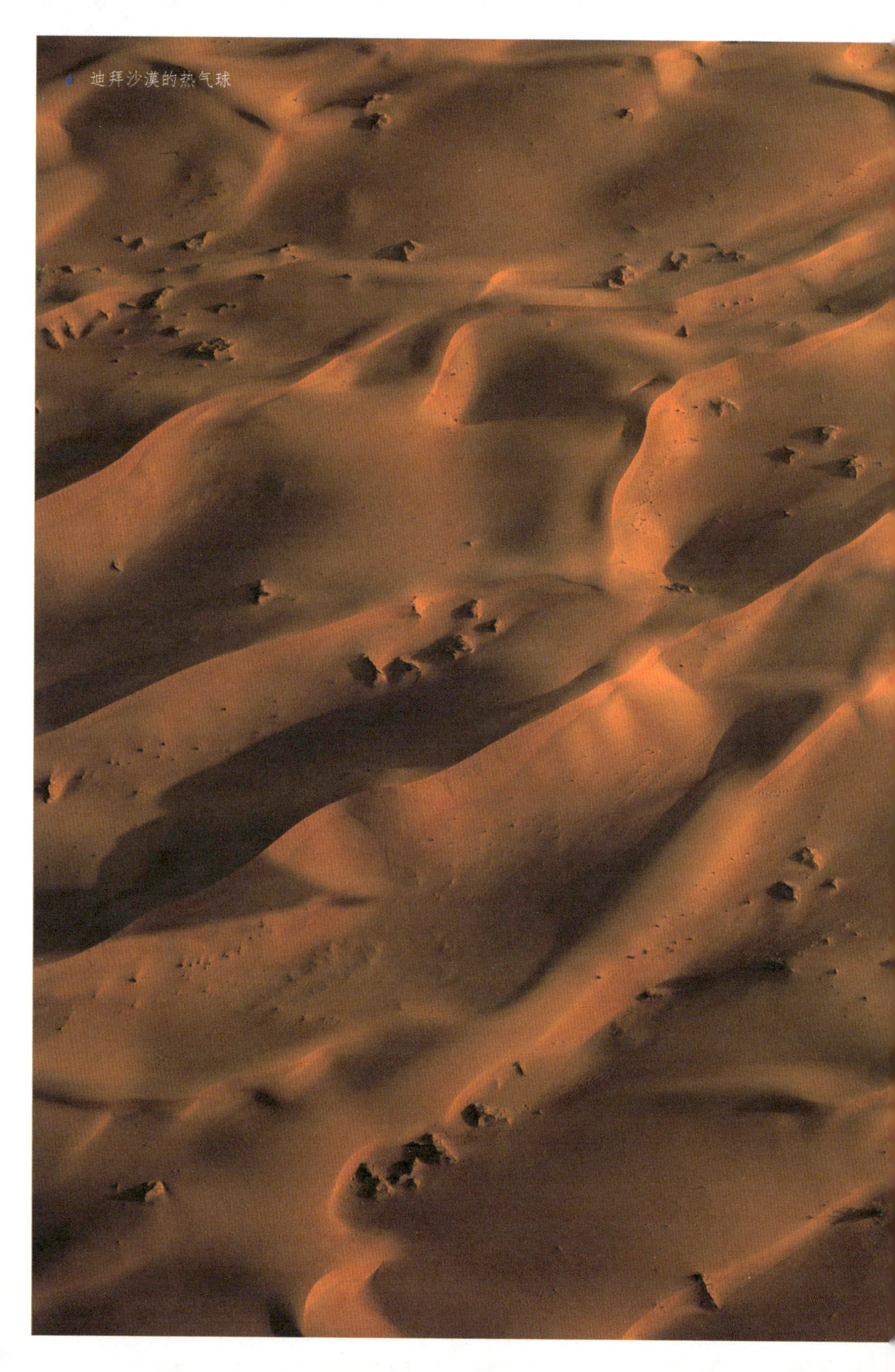
迪拜沙漠的热气球

• • •

意大利／父女俩爱上了 Cappuccino 与 Espresso

通过一次意大利旅行，我和父亲不约而同地爱上了意大利的 Cappuccino（卡布奇诺）和 Espresso（浓缩咖啡）！

意大利是将咖啡文化融入骨血的国家。清晨，被咖啡香唤醒的人们来到 Snack Bar Cafe 的吧台前，熟练地为自己点一杯浓郁的黑咖啡，然后翻开报纸，与旁人闲聊两句，拿起迷你三明治或油渍橄榄，完美的一天就此开始。

咖啡具有神奇的包容气质，它从遥远的非洲传来，很快在欧洲大陆乃至整个世界风靡起来。它包容大众，又被不断创新。每个国家都有各自的咖啡文化和咖啡冲调方式。咖啡的口味，也随着本地人的爱好而有所改良。17 世纪，威尼斯人将“阿拉伯酒”以商业贸易的形式引入了意大利的大街小巷。谁也没想到，十几年后，克莱门八世亲自为咖啡“洗礼”，将它视为上帝的恩赐。随着源源不断的进口咖啡进入寻常百姓家，罗马人告别了沉迷于酒精的生活。意大利作家 Cesara Musatti 如此形容本土的咖啡馆：“咖啡馆里人特别多，没有地方能坐，即便这样，气氛也是非常好的，因为光

意大利小咖啡吧

是享受人气与热闹已经足够惬意。”

人们对咖啡的迷恋来自令人上瘾的嗅觉体验。在咖啡馆里，咖啡豆经历过烘焙、研磨，在咖啡机内与 90 摄氏度热水开始了一场艳遇，与水结合后的咖啡粉释放出油脂与香气，缓缓流入杯中，成为一杯浓醇的咖啡。Cappuccino 是 Espresso 与伴侣蒸汽奶泡结合后的新形态。意大利人喜欢在家里用摩卡壶来烧制咖啡——为的是简单方便；大街小巷的咖啡酒吧则使用体型略大的电动咖啡机。这个大家伙里有锅炉、热水和蒸汽控制钮、蒸奶棒等。熟练的咖啡师能在 15 秒内为客人端上一杯热气腾腾的 Cappuccino。人们搭配上面包一起食用，真是惬意无比。

Cappuccino

每日清晨开启一天的旅行前，我们这对文艺父女都会在街边的咖啡吧坐着喝一杯 Cappuccino。每日下午我们进咖啡馆休息时，便再难觅得 Cappuccino 的踪影，原来意大利人在 11 点后便不再供应此类咖啡。于是来一杯 Espresso 成了我们父女俩最爱的消遣。咖啡师要煮出一杯完美的 Espresso，从调配混合豆和烘焙开始就需要非常专业且用心。烘焙后的豆子，必须酸苦平衡，入口后能渗出无与伦比的香气与丰盈饱满的油脂。它不加任何调料，包括奶，完全是咖啡最原始、纯粹的味道。每位咖啡师每天做出的咖啡的味道都不尽相同，咖啡豆每天都在氧化，于是烘焙后的五到三十天成了它的最佳赏味期。一杯拥有迷人后味的 Espresso 足以让全世界的咖啡爱好者疯狂。

• • •

普罗旺斯 / 凡高咖啡馆，路过就好

法国的咖啡馆是另一道风景。它们的外墙往往被刷成朱红色或墨绿色，墙上挂一块黑板，店主会用优美的法文手写当日菜单。

法国的咖啡馆俨然一个充满悠闲氛围且充满情趣的所在。在历史的长河里，一开始咖啡馆是喜爱奢华生活的贵族爱去的地方，慢慢发展为沙龙举办地——文人创造和传播新启蒙运动的地方。许多大名鼎鼎的作家是咖啡馆的常客，包括卢梭、海明威、丹东等，他们不约而同地将咖啡馆作为交流思想和创作的场所。

每日早上，我是法国南部老城咖啡馆的第一拨客人。啜咖啡时需要用心细品，用嗅觉和味觉去探索咖啡豆的独特韵味。一杯纯正的手冲咖啡，如同法国的红酒。不同的庄园、不同的葡萄品种，以及不同年份收成的葡萄，对于葡萄酒味道的影响是巨大的，咖啡也是如此。不同产地、不同豆种、不同批次、不同处理手法，为咖啡带来各具特色的香气、果酸及坚果味道。埃塞俄比亚西达摩丰富的水果香、安提瓜淡淡的烟熏香、哥斯达黎加黑蜜无以复加的甜香，乃至咖啡新贵巴拿马绿顶瑰夏那种独一无二的野花香，都能在每一杯手冲咖啡中体味到。一口喝下去，细微的甜味流过舌尖，舌头两

侧可品到果实的酸味，而醇厚的苦在舌根停留时间最长。一杯咖啡喝过，回甘在口腔中迟迟不散。这就是这一小杯液体永恒的魅力。

当你在满世界行走的时候，味蕾也在进行一场特殊的旅程。

人们都爱法国南部的阳光，它炙热、明媚，有难以言喻的风情。阿维尼翁戏剧节期间，我们聚集在袅袅的咖啡热气中。坐在咖啡馆里的画家、戏剧创作者、表演者聚集到一起讨论艺术，然后精神抖擞地去步行街上全情投入地表演。时光穿梭回20世纪初，在文人云集的咖啡馆，在一张红蓝丝绒的卡座上，海明威轻酌一口咖啡后，皱着眉头，不理会旁人的喧闹，只守着自己的精神世界，在小桌子上奋笔疾书，一天复一天地创作人生中最重要的作品。

阿维尼翁的咖啡馆艺术气息浓郁得令人流连忘返。位于阿尔勒的凡高咖啡馆给我的感觉则是“路过就好”。

举世闻名的大画家——凡·高，在圣雷米疗养院内创作了诸多作品。留在画布上的颜色像八月的向日葵一样明艳动人。走进他的病房，狭小的房间内配有简单的家具，唯一引人注意的是一个画架。向窗外望去，外面是一片如画的橄榄林。一代画师在极其孤独的状态下，迸发了惊人的灵感与创作力。

凡高咖啡馆曾因为凡·高的画作《夜间咖啡馆》而声名大噪。换手了几任老板后，现在这家咖啡馆俨然成了游客的打卡胜地。我也不能免俗地拜访了它，菜单与装饰的颜色的确保留了画作的遗

凡高咖啡馆

风，只是最美丽的那个作画角度已经被另一家咖啡馆挡住。我们已难以从那个角度一瞥当年凡・高的视角。

我点了一杯冰咖啡，喝了一口，备感失望。杯中放满了冰块，香气寡淡，糖浆与原液的比例完全失调，不胜甜腻，完全没有咖啡原本的滋味。周边坐着的也都是和我一样到此一游的游客。他们一边拿着手机打卡，一边抱怨餐食与咖啡的拙劣。当艺术全然被商业吞噬，这样的咖啡馆真是路过就好，不必为它花费一杯咖啡的钱。

千里迢迢地来到法国南部，虽然凡高咖啡馆让我失望，但在薰衣草盛开的季节，普罗旺斯让人觉得整个夏天都是浪漫的紫色。

我一步步走在被薰衣草覆盖的田野中，身边是绵延无界的紫。这份独特的紫色以有规律的线条，爬过矮坡，穿过小溪，来到房屋前，停下行进的脚步。薰衣草小小的花苞，亭亭玉立地绽放在细细的茎秆上。当一簇簇花朵汇集成紫色的海洋时，整个世界充满了浪漫与恬静。

空气中弥漫着浓郁的薰衣草香气，那是土地与阳光的馈赠。蜜蜂在花间飞舞，发出嗡嗡的声音。它们在忙着采蜜，无暇顾及赏花的游客。

我终于来到了这里，法国南部普罗旺斯的乡间，在这最美的季节！

我提着草编的小篮子，准备到村边买些香包。“Bonjour，女士，想买些什么？”一位脸被晒得通红的瓦朗索勒村民，扶了扶宽檐草帽，和善地问我。

我拿起一只麻布编织的香包，上面绣着朴实却可爱的紫色花朵。我把它放在鼻间深深吸了一口气，瞬间迷醉于馥郁又沁人的气味中。“就它吧，麻烦帮我拿几包。”我心里想着，一定要给朋友们带回这来自普罗旺斯的香味。

回到阿维尼翁休息几日后，司机大哥载着我们，熟练地开在蜿蜒的山道上。7月的日历渐渐翻到了底，瓦朗索勒那一望无垠的薰衣草花田就快要被收割尽了。要再和这片紫相遇，怕得等到明年的仲夏了。所以，我们驱车准备前往海拔更高些的平原——索村（Sault），找寻当地较晚开花的薰衣草田。

“你们知道吗？索村的村民们一直很骄傲，自己种植的薰衣草是原生的品种。与瓦朗索勒的薰衣草品种不同，索村的薰衣草有安神和镇定的作用。”

“两者看上去有什么差别吗？”我好奇地问道。

“薰衣草啊，是小灌木。索村的薰衣草是单株紫花，收割前都长得比较矮。而瓦朗索勒的却是多头花苞，长得高。后者颜值高，适合拍照。所以索村村民常不甘示弱地说自己的是原生的，血统更纯，药效更好，哈哈哈！”

普罗旺斯的薰衣草花田

车子一拐弯，我们就看到了一大片花田。一车人雀跃不已，迫不及待地想亲近这片如油画般美丽的土地。来到薰衣草花田，我蹲下身来，细细观赏这些个头小小的薰衣草，它们紫得那么纯粹，那么浓郁。

更难得的是，这里还种植了小麦和其他农作物。薰衣草田旁就是一片麦田，农民刚刚收割了小麦，将麦秸卷成了一个个可爱的草垛子。远处，懒洋洋的白云卧在浅蓝色的天空中。草垛、木屋和薰衣草花田构成了最美的田园画卷。城市里待久了的人，最难以抵御的就是绝美、宁静的田园风光。这份情感是人对土地和自然的眷恋，也是对简单、质朴生活的向往。

• • •

清迈／文艺至“死”的咖啡文化

每年晚秋，泰国小城清迈会迎来一年中最热闹的一周。举世闻名的水灯节会在 11 月底，也是泰历的第二个月圆之日举行。我特地飞行了 5 个小时来观摩夜晚万灯齐飞的盛况。白日里的我则无所事事地泡在清迈的诸多咖啡馆里。

清迈的咖啡馆有诸多我们意料之外的功能。它是供人休憩的港湾，是为心灵充电的电站，是人与人之间互相交流的空间，是兼具诸多功能的地方，阅读、摄影、电玩、音乐都可以融汇于此。咖啡馆可以很优雅，也可以很随意，完全看人们走入它时的心态。在咖啡馆待上一天，享受慢生活。

有些咖啡馆本身就是有着百年历史的老宅子，有的藏在花园深处。人们除了来一杯传统的美式咖啡或卡布奇诺，各种色泽鲜艳、点缀着蝴蝶兰和杧果的特调饮料与餐点也是不错的选择。

有些咖啡馆还与服装店结合，走进一家时装店，居然能看到店中间放着几包咖啡豆和一台咖啡机。招呼客人的店长到底是时尚人士还是咖啡师，一眼根本无法辨别。也许前一分钟他还在为进来挑选衣服的客人们推荐当季新款，后一分钟便会走到咖啡台，神情专注地磨豆子、冲咖啡了。

我很喜欢清迈咖啡馆的环境。店主会播放舒缓的音乐，用明艳的夏日花卉和植物装点店面，咖啡师也会花很多心思研究如何让简单的咖啡外观变得更美，口味更加诱人。

我喝过一杯用柑橘香气点缀的黑咖啡，店主在咖啡冲好后撒了一些香料，一杯有着清爽香气的咖啡就完成了。泰北盛产香料，于是肉桂粉、丁香粉、陈皮粉甚至生姜粉都会被用来丰富咖啡的味道。

我在白天会无所事事地喝咖啡，这样的悠闲是为参加夜晚的水灯节庆典活动做体力储备。我随着活动方安排的大巴来到举行水灯

清迈的特色咖啡

节的场地之一——马场，这块平日里空旷的土地当天异常热闹。微风徐徐吹来，夕阳与树隙缠绵交织，迎接我们的是随风飘舞的兰纳灯笼与楚楚动人的笑脸。

活动方在现场贴心地安排了许多泰北小吃的摊铺，当地人用高超的手艺为我们烹饪着美食。泰北菜的特点是，诸多调料与香草交融在美食中。吃清迈地道的美食时，若酸甜苦辣不在口腔中打个架，我还真以为自己吃了道假料理。比起正餐，清迈的小食清新甘甜了许多，哪怕不喜辛辣的人，也能在夜市中觅得可口的小吃。

11 月底，清迈的天气还很炎热。分发古法红糖龟苓膏的摊铺前总是人头攒动，大排长龙。当地女子摆了四个木桶在桌子前，从大到小分别用来盛放冰块、龟苓膏、红糖水与花生碎，放入碗中的顺序也是如此。厨师用甘蔗榨汁，翻炒。这样的烹饪方式让龟苓膏爽滑、不苦涩。花生碎作为点睛之笔，真是让我爱不释口。我吃完龟苓膏后还会把纸碗放在阳光下，等待冰块融化，就着剩下的红糖一饮而尽。马场天灯节的现场还有许多当地特色美味，我好奇地一个摊位一个摊位吃下来，觉得这不只是一个传统节日的视觉盛宴，更是味蕾的狂欢节。

当夜色慢慢浓郁，黑色的大幕覆盖了穹顶，现场的志愿者通过话筒示意观众们入席。不消片刻，马场内人们的心态便从轻松地逛美食市场转变成了庄严肃穆。大家一言不发，端坐在座位上，等待着高僧入场。恍惚之中，“咚，咚，咚”的鼓声由远而近地传来。几位高僧面色凝重，低头诵经，他们身后的少年举着巨大的华盖，亦步亦趋地跟随着高僧的步伐。高僧们走向场地中央的佛塔，朝着不同的方向安坐后，闭目诵经。泰国人放天灯的风俗源自古都泰可素。当地百姓用这种方式向佛祖忏悔，祈求宽恕自己过去一年里所有的罪恶，并将美好的愿望和对家人的祝福写在天灯上，在月圆之夜齐齐放飞，祈求佛祖能够看见。

这些诵经的高僧在百姓的心目中有着崇高的地位，所有的人都凝神低头，默默聆听，整个过程长达一个小时左右。对听不懂泰语的游客来说，时间显得漫长；但对当地人来说，这是无比神圣的时刻。端坐在佛塔上方的高僧停止诵经，敲打木鱼的节奏也随之放缓。一阵唯美的曲声随着月光飘来，两位穿着泰国传统服饰的美丽女子，手心端着蜡烛，柔软的手指弯成了如莲花一样的优美造型，面带微笑地围着佛塔跳起婀娜多姿的泰舞。摇曳柔软的舞姿尚未结束，方才护着高僧的少年们就用一条长长的帷幔遮住了少女纯美的脸庞与曼妙的身姿，我们只能通过她们手中星星点点的烛光看到她们的影子在帷幔中翩翩起舞。

我被少女们的舞姿深深地吸引，圣洁与纯净是我此刻最大的感受。一曲作罢，少女们缓缓退出。工作人员将天灯依次交到我们手中，示意我们可以去就近的煤油灯处取火。但是不得私自放灯，需要听到指挥后一起放飞手中的天灯。我用一支小蜡烛取了火种，不敢率先点燃天灯。环看周围，大家与我一样，面色虔诚，手里捧着天灯，脚底下放着烛火。

“一，二，三，放！”听到指示后，我们拿起烛火点燃天灯，

水灯节表演的舞者

天灯节盛景

随着手中的灼热感越来越强，天灯一下子鼓起，成为胖胖的桶形。我们放手后，它立马朝着暮色的天空飞去。越来越多的天灯被点燃，依次飞上天空。天空布满天灯的美令人震撼，它成了我一辈子无法忘却的回忆。那一刻的心情只剩下感动，好像所有的烦恼、挫折都随着天灯起飞了，在汇成灯带时烟消云散。

这一抹夜色是温暖的火焰，是橙色的星河，是闪亮的萤火虫，是美好的期许。在这样的夜色下，人心所有的柔软与感动会被瞬间点燃，随着这燃烧着的天灯，飞向了遥远的天边。为了那浪漫唯美的瞬间，再长时间的等待都值得。

与白日里闲散的咖啡馆生活相比，夜里的天灯节庆典活动真是丰富多彩。